onya
ニャ文庫

最凶悪魔の蜜愛ご奉仕計画

八巻にのは

イースト・プレス

contents

プロローグ

『約束します。……次こそは、あなたを絶対に幸せにします』

醜《みにく》く、恐ろしい容姿からは想像のつかない優しい声が、死にゆく少女にそんな約束をした。

異形は不気味な黒い腕で血まみれの少女を抱き締め「幸せにする」と繰り返す。

「つ、ぎ……？」

『人間は生まれ変わる、だからまた会えます』

「でも、あなたは……」

『私は死ねません。だからきっと、また会える……』

その異形は、永遠の命を持つ悪魔だった。

だとしたら、もう一度巡り会うことは不可能ではないのかもしれない。

「また、あなた…と……」

これが永遠の別れではないとわかると安堵が芽生え、少女の身体からゆっくりと力が抜けていく。

「もう、いち……ど……わたし……」

大量の血と共に少女の身体から命がこぼれ、言葉を紡ぐことさえもうできない。

でも叶うなら「私を恋人にしてほしい」と彼女は言いたかった。

そして悪魔は、わかってくれている気がした。

『次は、もっとうまくやります……。今度は人間のように、あなたを幸せにしてみせます』

だからどうか、もう一度愛してほしいと悪魔に縋《すが》られながら、少女はゆっくりと目を閉じた。

悪魔が泣く声が少女の胸を刺した。けれど命の火は消え、少女は悪魔を置いて旅立つほかなかった。


悪魔と人間。

本来ならば愛し合うべきではない者同士が交わした約束を、神は快く思わなかったのかもしれない。

故に二人の再会が叶ったのは、別離からあまりに長い年月がたった頃だった。世界の在り方や人の営みも変わるほどの年月が流れ、変化は少女と悪魔が生きていた国にも及んでいた。

少女――リリスが転生を果たしたとき、世界の人々は悪魔が存在していたことを忘れ去っていた。

彼らのような存在や、世界を支えていた魔法の力も廃《すた》れ、代わりに蒸気機関や電気を用《もち》いた道具が人々の生活を豊かにし、悪魔はもはや物語の中だけの存在となっていた。

「――約束を、果たすときが来ましたよ」

けれど悪魔は、約束を守り待っていた。

まるでリリスがいつ生まれるかを知っていたかのように、彼女の意識が芽生えた瞬間、彼は目の前に立っていたのだ。

リリスを腕に抱きながら微笑《ほほえ》む悪魔は、約束通り人間に近付いていた。

化け物と呼ばれていた頃の面影は、血のように紅《あか》い瞳だけ。リリス以外の者たちが顔を背《そむ》けた恐ろしい顔は、今や目を見張るほど美しく整っている。

短い髪は美しい銀糸で、悪魔の魔力を帯《お》びて輝いていた。リリスを抱き上げる身体は逞《たくま》しいが、以前のように大きすぎて恐ろしがられるほどではない。

「愛しい人、今度こそあなたを幸せにします」

声も甘く、悪魔のものとは思えぬ慈愛に満ちている。

一方リリスは、まだ赤子だ。前世の記憶があるせいで普通の赤子より意識がはっきりしていたものの、彼の言葉に応《こた》え愛を囁《ささや》くことはできなかった。

でも大きくなれば、恋人になれる。今度こそ幸せになれると、リリスは悪魔の腕の中で確信した。

それは、生死を超えた絆《きずな》によって約束されていた二度目の初恋だった。

これが世に溢れた恋物語であったなら、きっと素敵なものになっていたことだろう。


——しかし残念ながら、彼女の恋は物語のようにはいかなかった。


「さあお嬢様！　どうか私を下僕としてこき使ってくださいませ！」

(うん、どうしてこうなったんだろう……)

生まれたばかりのリリスと再会してからというもの、悪魔——サマエルはなぜか恋人ではなく従者としてリリスに仕えている。

それも、彼はリリスを天使や神のように崇《あが》め奉《たてまつ》っているのだ。悪魔のくせに。

「いや、だから待って！　何度も言うけど、私はあなたをそんなふうに使う気は……」

「使っていただけなければ困ります。私はお嬢様の従者であり、犬であり、奴隷です」

「私、そんなこと望んでないったら！」

「しかし私は、あなたを幸せにするため下僕になると誓ったのです。さあ、あなたが願うならどんなことでもします！　今ここで椅子になれと言われてもかまいません！　足置きでもかまいませんよ！」

いや、なってほしいのは昔のような恋人なんですけど……。と言ってしまえればいいのだが、訳あってそうはできない理由がリリスにはあった。

だからこそ、リリスは生まれ変わってからの十八年、従者となったサマエルにずっと振り回されている。

（本当に、どうしてこうなったんだろう……）

これが普通の恋物語なら「二人は死と種族の違いを超え、いつまでも幸せに暮らしました」となるところだ。

なのに始まらないのである。恋が。

「私は、サマエルと対等になりたいの！」

「無理です。お嬢様は清らかで高貴なまさしく天使ですよ？　私のようなゴミ屑《くず》悪魔が対等になどなれるわけがありません」

「いや、私は普通の女の子だし……。容姿もほどほどだし……」

「そう思っているのはお嬢様だけです。あまりの美しさに、お顔を見るたびに聖水で目を焼かれるような衝撃が走ります」

物騒な褒め言葉に、いまいち喜べないリリスである。なにせ発言は残念だが、リリスに跪《ひざまず》いて賛辞を重ねているサマエルのほうがよっぽど美しいのだ。

でも冗談ではなく、サマエルは本気で言っているらしい。それが余計に始末に負《お》えない。

(私が生まれ変わるまでの三百年の間に、頭でも強く打っちゃったのかしら……)

などと心配になりつつ、リリスはそっとため息をつく。

恋も始まらず、対等にもならず、日々這いつくばる勢いの腰の低さで、サマエルはリリスに仕《つか》え甘やかす。

そんな彼のお陰で第二の人生は穏やかではあるが、「これじゃない!」と思わずにはいられないリリスなのであった。

第一章

「あっ、聖女様だ！　天使様もご一緒にいる！」

幼い子供の無邪気な声が響いたのは、初夏の日差しが降り注ぐ美しい朝のことだった。

イヴァネスト帝国の首都の東部。先の大戦で孤児となった子供たちが暮らす小さな修道院の中庭に現れたリリスを、子供たちは『聖女様』と呼び駆け寄ってくる。

リリスと、その後ろに従うサマエルが手にしているのは、貧しい孤児院のためにと運んできた食事だ。

でも子供たちは食事よりリリスたちに夢中だ。愛らしい反応にリリスは照れたようにはにかみ、近付いてくる子供たちの頭を撫《な》でた。

「聖女様、今日も来てくださったのですね！」

彼女を聖女と呼び慕うのは大人も同じだった。孤児院を営んでいるのは神に仕える司祭で、彼もまたリリスを見るなり目を輝かせる。

その眼差しにリリスが少し臆《おく》してしまうのは、聖女と呼ばれることに気後れを感じてしまうからである。

(聖女どころか、悪女のほうが私には似合うのに)

聖女などと呼ばれているが、おとぎ話に出てくるような存在とは違い、聖なる力などはもちろんない。その上リリスの容姿は悪女や魔女と呼ばれたほうが似合う姿なのだ。

顔立ちは整っているが、真っ黒な髪と凜《りん》としすぎた目鼻立ちのせいで笑顔を浮かべていないとどこか意地悪な顔に見えてしまう。

それを気にして常に笑顔を心がけているものの、帝国では珍しい紫色の瞳は冷たい印象を与えがちで、童話の挿絵に描かれる聖女のような明るい美しさとは縁遠い。

だがそれでも人々が聖女と口々に言う理由は、リリスに付き従うサマエルのせいだ。

「こらこら、お嬢様に勝手にくっつくのはだめですよ？　彼女に触れていいのは、私の特権ですから」

発言は大人げないが、子供たちに向ける笑みはまさしく天使を思わせる美しさである。

日差しを浴びて彼の銀糸の髪が輝くたび、子供も大人もその神々しさに見入ってしまう。

そしてその神々しいサマエルが下僕として傅《かしず》くせいで、リリスは聖女もしくは女神と呼ばれる羽目になってしまったのだ。

（天使どころか悪魔なんだけど、この顔じゃ本当のことを言っても信じてもらえなさそうよね）

サマエルの元に転生して十八年、どこか悪女じみた顔つきに育ったリリスとは反対に、彼のまばゆいばかりの美貌が陰《かげ》る様子はない。

この十八年間ずっと人間の年齢で言うと三十を少し超えたあたりの姿のままだが、誰もそれをおかしいとは思わない。悪魔は人の目を欺《あざむ》き記憶や感情を書き換える魔法を持っているからだ。

そして今日も、誰一人彼が悪魔であることに気づかず、天使様と慕い抱きついている子もたくさんいる。奇妙だが微笑ましい光景を眺めながら、リリスは持ってきたパンとシチューを子供たちに振る舞う。

サマエルのお陰で、リリスは伯爵家の令嬢として日々贅沢《ぜいたく》な暮らしを送っている。

しかし前世では修道女として慎ましい生活を送っていたリリスに、贅沢三昧の生活は耐えられず、せっかくお金があるならと、こうして貧しい人々に食事などの援助をする慈善活動を行っていた。

イヴァネスト帝国は昨年まで長く激しい戦争の中にいた。戦争は帝国の勝利で終わったが、長い戦いで国は疲弊し貧富の差はますます激しくなっている。

ただ現在の皇帝は有能らしく、今後は貧困層向けの経済支援や教育制度なども施行していくそうだが、それでもまだまだ支援は足りておらず、救済措置からこぼれてしまう貧しい者も多かった。

そんな者たちを少しでも手助けしたいという気持ちで、リリスは慈善活動を始めたのだ。

活動は評判を呼び、現在では出資者も現れるほどになったが、それに伴い『聖女』と呼ばれることが増えたのが、リリスには若干心苦しい。

(本当に、聖女なんて柄じゃないのに……)

そんな考えが常につきまとい、子供たちに向ける笑顔も時折ぎこちなくなってしまうほどだ。

それでも必死に考えを顔に出さないようにしていたが、孤児院での食事を終えてサマエルと帰宅するときには、なんだかぐったりと疲れてしまっていた。いつまでたっても『聖女様』呼びはやっぱり慣れない。

「お疲れのようですが、家まで抱いて帰りましょうか？　それともお嬢様が子供の頃のように、私が馬となりましょうか？」

その上、二人きりになるとサマエルの下僕化は一気に加速する。

今にも四つん這いになりそうな彼を見て、リリスはぶんぶんと首を横に振った。

「ふ、普通に歩いて帰れるわ。本当に疲れていたら、そんなことしてもらわずにサマエルの魔法に頼るし」

なにせ百キロの距離を、一瞬で移動できる力がサマエルにはある。どうせなら、そちらを使ってもらったほうがありがたい。

しかしサマエルは、リリスの言葉に若干不服そうだ。

「魔法はもちろんですが、私自身ももっとこき使ってもらいたいです」

「使っているわ。今日だって修道院までわざわざついてきてもらったし」

「これくらいこき使ったうちには入りません。あなたの活動に同行するのは、下僕として当たり前のことです」

「だから、サマエルは下僕じゃないってば……」

「いえ、下僕です！　私はあなただけの下僕です！」

二度も下僕と言葉を重ねるサマエル。その身分を徹底させる彼は、今もリリスから一歩下がったところを歩いている。

「さあご命令を！　疲れたから私の馬になってと言えば、今すぐ跪きます！」

「絶対言わないから！」

「なら、おんぶがいいですか？　抱っこもできますよ？」

「私はあなたと、普通に歩いて帰りたいの!!」

馬になるより隣を歩きたい。手を繋《つな》いで歩きたいと思うリリスだが、彼がその気持ちを理解する様子は今日もまったくなかった。

そんなとき、不意に幼い子供の声が背後から響く。

「聖女様！」

振り返ると、こちらに駆けてくるのは先ほどの孤児院で暮らしている少女だ。

少女の前ではせめて普通にしてほしいと目で訴えれば、サマエルは渋々という顔でリリスと距離を置き黙り込む。

「聖女様、忘れ物だよ！」

サマエルから少女に目を戻すと、小さな手がクロスを握っているのが見えた。たぶん食事を運んできたときに使っていたものだろう。

孤児院で使ってもらおうとあえて置いてきたのだが、きっと少女は忘れ物だと思い込み、追いかけてきてくれたに違いない。

「ありがとう！　でも、そんなに走ったら危ないわ」

往来を歩くには幼すぎる少女が心配になり、リリスは慌てて駆け出した。

「お嬢様！」

だがそのとき、サマエルの切迫した声が響く。彼の視線の先を追うと、少女の背後から一台の車がやってくることに気がついた。

この辺りは車の通行が禁止されているにも拘《かかわ》らず、無理に侵入してきたようだ。往来を歩く人々が慌てて道を空ける中、少女だけはそれに気づかず通りの中心を駆けてくる。

「だめよ、止まって!!」

慌てて声を上げたが、少女が言葉の意味に気づいた様子はない。

その間にもどんどん近付いてくる車を見て、リリスは無意識に駆け出していた。

「早く、こちらにいらっしゃい！」

もう一度叫べば少女はそこでようやく車に気づいたが、恐怖のあまり固まってしまっている。その身体を咄嗟《とっさ》に抱き上げ通りの端に避けようと思ったが、車はもうすぐ目の前に迫っていた。

「聖女様……っ！」

少女が悲鳴を上げるが、リリスも恐怖で一歩も動けなくなる。

だが思わず目を閉じた次の瞬間、耳元で優しい声が響いた。

「――安心してください、私があなたを傷つけさせない」

切迫した状況に似合わぬ声が聞こえた直後、サマエルの腕がリリスを抱き寄せる。

そのまま庇《かば》うようにぎゅっと抱き締められた瞬間、激しい破壊音が響き周囲から悲鳴が上がった。

煙とガソリンの臭いが充満し、腕に抱いた少女から再度悲鳴が上がる。

けれど、リリスの身体を痛みや衝撃が襲うことはなかった。

「ご無事ですか？」

彼女を包み込んでいるのは、悪魔の温もりだけだ。それに驚きつつ目を開けると、サマエルの穏やかな笑顔が見える。

「え、今車が……」

「安心してください。車を止めるくらい、悪魔には容易《たやす》いことですよ」

そう言って微笑むサマエルの言葉に息を呑み、リリスはそっと彼の後ろを窺う。

驚くことに、彼は言葉通り片腕ひとつで車を押し止めていた。容易いという言葉とは裏腹に衝撃は凄《すさ》まじかったらしく、車は大破し横転している。だがサマエルの身体には傷ひとつなく服の汚れや髪の乱れさえない。

それでも彼が心配になって声をかけようとしたとき、穏やかだったサマエルの表情が冷たく歪《ゆが》む。

「お嬢様をひき殺そうとするなんて、運転手にはお仕置きをしないといけませんね」

車の運転席から男がふらふらと転がり出てきたのは、サマエルが物騒な言葉をこぼした直後だった。

驚きと戸惑いで啞然としている男を見た途端、サマエルの視線がより鋭くなる。

視線に潜んだ憎悪と殺意に気づき、リリスは慌ててサマエルの腕に縋りついた。

「こ、殺すのはだめよ」

「でも、あの男はお嬢様たちを殺そうとしました。ならばそれ相応の報いを受けるべきでは？」

「そういうのは警察と判事の仕事よ。今はただ、彼が逃げないようにしてくれれば十分」

リリスが頼めば、サマエルは渋々という顔で頷《うなず》く。

「あなたがそう望むのでしたら」

リリスの言葉に頷くと、サマエルは車を運転していた男に向かって軽く指を鳴らす。

途端に男と周囲の人間の瞳が虚《うつ》ろに揺らぎ、まるで時が止まったかのように喧噪が消え沈黙が流れた。

その中をサマエルが優雅に進み、魔力を秘めた声で人々に命令を下す。

『今見たことは決して口外するな』

悪魔の声が響くと周りの人々からも「はい」という虚ろな返事が返ってくる。

『そしてお前は、自らの罪を警察に告白しろ』

続いて男に視線を向ければ、彼もまた虚ろな返事を返す。

唯一意識があるのはリリスだけで、彼女はサマエルの魔法に舌を巻いた。

「こんなに大勢の人間を一度に惑《まど》わすなんて、さすがサマエルね」

「人の心を操るのは、悪魔の十八番《おはこ》ですから」

サマエルが得意げに笑うと、周囲の人々はサマエルやリリスたちが見えなくなったかのように振る舞い始める。

それをしばし観察した後、サマエルはリリスが抱いている少女に目を向けた。

『君も今見たことは全て忘れなさい』

「……はい」

『あと、往来を歩くときはもっと周囲に気をつけるように』

サマエルの言葉にコクンと頷くと、少女はリリスの腕から下りる。そして何事もなかったかのように、来た道を戻り始めた。

「これで、あの子が事故に遭うことはないでしょう」

そう言って、去っていく少女を見つめるサマエルの眼差しはいつになく優しい。その横顔に、リリスは思わず見蕩《みと》れた。

先ほど助けてくれたときもそうだが、悪魔らしからぬ優しいお節介を焼くサマエルは優しくて格好いいのだ。

彼に助けられたことは一度や二度ではなく、そのたびリリスはより強く惹《ひ》かれてしまう。でもそれは言葉にできないので、代わりに感謝の言葉を口にすることにした。

「ありがとうサマエル。助かったわ」

「お礼は必要ありませんが、あなたももう少し気をつけてください。車に勝てる力もないのに飛び出すなんて無謀です」

「つい身体が勝手に動いてしまったの。でもほら、あなたがいれば助けてくれるし」

「私がいる限りお嬢様を傷つけさせるつもりはありませんが、それでも万が一ということはあります」

　そこでサマエルは、リリスに傷がないかどうか確認するように優しく頬《ほお》や腕を撫でる。

「……ッ！」

　そのとき、不意にサマエルの顔が強張った。

　何事かと思って見ると、右手の指先が少しだけ切れていた。慌てて少女を抱き上げたとき引っかけたのかもしれない。

「ああ、お嬢様の美しい指先に傷が!!」

　途端にそれまでの凛々しさが嘘のような情けない顔になり、サマエルはその場に頽《くずお》れる。

「私はお嬢様を守りきれなかった……。ああ、これは死んでお詫びをせねば」

「お、大げさすぎるわよ！」

「ですが、お嬢様の美しい指が切れているのですよ！」

「でも血さえ出ていないじゃない」

　皮がちょっと切れたくらいで、事故の状況からは考えられない軽傷なのだ。むしろ傷とさえ言えないくらいなのに、サマエルは絶望に打ちひしがれていた。

「私は本当に駄目な悪魔だ……。私では、お嬢様を幸せにできない……」

「ああもうっ、そんなことないから！　あなたは世界一素敵な悪魔だから！」

そう言ってサマエルを立たせ、リリスは落ち込む悪魔の身体を優しく抱き締める。

何度も背中を叩いていると少しは気持ちを持ち直したようだが、先ほど自分を助けてくれたときの凜々しさは完全に消えていた。

(昔はここまで過保護じゃなかったのに……本当にどうしたのかしら)

先ほど助けてくれたのは夢ではないかと思うほど、情けなくなってしまった悪魔の変化にリリスは戸惑う。

悪魔らしささえどこかに置き忘れてしまった彼を慰《なぐさ》めながら、リリスは何が原因でこうなってしまったのかとため息を重ねたのだった。

◇◇◇　◇◇◇

サマエルがどういう過程で残念な下僕と化《か》してしまったのか、リリスはわからない。でも少なくとも、リリスが転生するまでの彼はそれなりに立派な悪魔だったらしい。

そもそも悪魔とは、自らを生み出した神を呪い、恨む異形だと言われている。

神の世界から追放された彼らは、無慈悲な創造主への復讐のため神の子である人間を拐《かどわ》かし、悪しき道に引きずり込むのを生きがいにしていると前世のリリスは教わった。

人間たちの争いの裏には必ず悪魔が潜み、世を乱しているとかつて人々は信じていた。

だがリリスが再び生を受けたこの時代、争いを起こすのは常に人間だった。

己の欲望を満たすために、国々は利権を貪《むさぼ》るために、争いを繰り返す。むしろ悪魔はそんな争いの〝おこぼれ〟をもらう立場となっていた。

悪魔は人間の憎しみや恐怖心を好み、罪を犯した人間の血や魂を得ることでその力を増す。血と争いに満ちた世界はまさしく彼らにとっては天国で、もはやわざわざ争いを引き起こす必要もないのだ。

故に彼らは歴史の表舞台から消え、人々の争いの裏でひっそりと生きていた。そのほうが生きるのに都合がいいと、気づいたのだろう。

そしてサマエルは親友『アモン』と共に正体を隠し、人間の争いの裏でひっそり生きてきた。

二人は人に化《ば》けるのが得意で、時代と共に様々な国を転々としながら、各地で軍人に化け多くの戦争に参加してきたのだ。そして戦場で、様々な人間の恐怖と血を得ながら暮らしていた。

そんな二人は現在、大陸随一の軍事国家イヴァネスト帝国で暮らしている。

サマエルはリリスの下僕になるため、彼女を保護すると同時に軍を辞めてしまったが、アモンは今も軍師として帝国軍の重要ポストに就いている。

彼の立案する作戦は悪魔らしい残虐非道なものだが、そのお陰でイヴァネスト帝国はここ十数年負け知らず。お陰で昨今は帝国に喧嘩《けんか》を売る国もなくなり、世界で唯一平和が続く国だと言われている。

　平和すぎる現状をアモンはあまり面白く思っていないようだが、サマエルの頼みでリリスの保護に協力すると約束したらしく、人目を欺《あざむ》くためリリスの『兄』となり、保護者として振る舞ってくれている。

「それで、うちの可愛い妹君が不機嫌なのはどうしてだ？」

「サマエルが原因だってわかっているくせに、わざわざ聞かないでよ……」

不満げな顔で昼食をつついていたリリスに、アモンが喉を震わせながら笑う。

戦争が終わり、世の中が一段落して暇を持て余したアモンにとって、最近の楽しみは妹となったリリスをからかうことなのだ。

　その表情は人間くさく、彼が悪魔だと見抜ける者はまずいない。一緒に暮らしているリリスだって、時々彼が悪魔であることを忘れてしまう。

アモンは戦場では血を啜《すす》り、人が死ぬ様を喜んでいる残酷な悪魔だが、リリスにとって彼は少し意地悪だけど基本的には優しい兄なのだ。

　そしてアモンは現在、アモン＝ウィーラー伯爵を名乗り、この国で生きている。リリスはその妹で、早くに亡くなった両親に代わって兄に育てられた……というのが、周囲を欺くための設定だ。

だがもちろん、実際に育てたのはサマエルである。

リリスには生まれた当時の記憶があまりないが、サマエル曰《いわ》く、貧しさを理由に両親に捨てられたのだそうだ。そんな彼女を見つけ出したサマエルは、立派な暮らしと将来を与えるためアモンの元に押しかけリリスを妹にしてほしいと依頼した。

サマエルもまた軍人として有能で、皇帝の覚えもめでたく爵位もあったものの、彼は『リリスが見つかったからには一生彼女の下僕として生きていきたい！』と言い放ち、仕事も評価も全て擲《なげう》って従僕としてリリスに仕えると勝手に決めてしまったのだ。故にアモンも同意するほかなく、以来三人はこの屋敷で暮らしている。

だから二人はリリスにとっては家族に等しい存在だ。

サマエルは有能で家事はなんでもできるし、魔法も使えるため使用人はいない。だからこの大きな屋敷でずっと三人暮らしである。

少し奇妙だが、リリスにとってこの家での生活は快適だ。いや、快適すぎた。

なにせサマエルは、リリスの転生を待つ間に貯めたお金をジャブジャブつぎ込み、彼女に究極の贅沢をさせ立派な教育を施したのだ。年齢が上がるにつれリリスの美容にも力を入れるようになり、彼女を磨くためのスパまで屋敷の中に作る気合いの入れようである。

前世の記憶があるからいいものの、もしなければものすごく我が儘《わまま》に育っていただろうなと思うほどの甘やかし方だった。

記憶があっても油断すれば駄目人間になってしまう気がして、自分を戒《いまし》めるために始めたのが日々の慈善活動である。サマエルの散財を止め、お金があるなら一緒に慈善活動をしようと誘うことで近頃は贅沢を回避しているのだ。

悪魔であるサマエルはリリスが行う慈善事業の価値をいまいち理解していないそうだが、「あなたが望むのなら」と軍人時代のコネまで利用し手伝ってくれている。

ただリリスが表に立つのはあまり好まないらしく、事業の拡大と共にリリスが聖女と呼ばれ有名になっていくのは不満そうだ。

もともと兄のアモンが軍人として有名であったため、その妹であるリリスも注目を集めがちだ。その上慈善事業の活動が評判になり始めると、新聞やゴシップ誌の記者に取材を申し込まれることが増えた。

活動を周知してもらえるのはいいことだと思い取材を受けていたが、どちらかといえばリリスの容姿や肩書きばかりを取り上げる新聞が多く、聖女という柄にもない呼び名が広まってしまったのもそのせいである。

そのせいで、したくもない縁談の話が来るようになり、リリスもサマエルも最近うんざりしていた。

特にサマエルは「こんな程度の男がお嬢様に求婚するなんて一億年早い！」と苛立ち、ここ最近は不機嫌だった。

（でもまあ、不機嫌なだけならいいんだけど……）

不機嫌は嫉妬《しっと》しているからだと思っていたし、リリスが有名になるにつれ「あなたのことを知るのは私だけでよかったのに」と拗《す》ねるサマエルは可愛かった。

しかしここ数日、それまでの不機嫌さが急に消え、様子がおかしくなったのだ。

「それであの馬鹿は、今日はいったい何をしでかしたんだ？　修道院で何かやらかしたのか？」

「いいえ、活動中は普通なの。ただ、なんだか様子がおかしいときがあって……」

「あいつの様子がおかしいのはいつものことだろ」

「それはそうだけど、なんだかいつもと違うのよ」

サマエルは、何があっても基本リリスから離れない。彼女の世話を焼かないと死んでしまうのではと思うほどべったり張り付き、離れるのは着替えと湯浴みのときくらいだ。

そしてそれさえ、自分一人でやると言ったときは「お嬢様に奉仕し、貢ぐのが私の生きがいなのに！」とひどく落胆し、一ヶ月近く階段裏の物置から出てこなくなったほどだ。

以来可能な限りサマエルに素直に甘えようと決めたのだが、ここ数日はリリスの側を離れることが急激に増え甘えるタイミングもないという状況だ。

「あのサマエルが、最近よく姿を消すの」

「そういえば、今もいないな」

サマエルは料理も給仕も完璧で、リリスたちの前には豪華《ごうか》すぎる昼食が並んでいる。それを用意し、無駄に完璧な所作で給仕をひと通りしたかと思えば、彼はふらっと消えてしまったのだ。グラスが空けばサマエルがかけたとおぼしき魔法が作用して、勝手に飲み物がつがれるが、本人はいくら待っても帰ってこない。

「夜もね、サマエルってずっと私の部屋の隅にいて、眠るまで膝《ひざ》を抱えてこっちを見ているのに昨晩はいなかったの」

「……いつも思うが、よくアレを寝室に入れるな」

「だって、好きだし。私もサマエルを見ながら眠りたいし」

「お前も大概だな」

確かに、ちょっと異常かもしれないと思うときもあるが、悪魔のアモンには言われたくない台詞《せりふ》である。

二人の悪魔と暮らしてきたからこそ、リリスの常識と価値観は確実にずれたのだ。外ではそれなりに人間らしい振る舞いもするが、家での二人はかなり自由だ。魔法で人の心や記憶を変えられるため、バレたら誤魔化《ごまか》せばいいと人間らしい行動をまったく心がけない。リリスが子供の頃はそれが顕著で、中でも一番びっくりしたのは二人が家ではまったく服を着ないことだった。

悪魔曰く、服を纏《まと》うことこそ人間が最も愚かな点、らしい。

　ただサマエルに至っては、裸でありながらリリスには様々なドレスを用意し「リリスは何を着ても可愛いから一時間ごとに着替えましょう！」と言っていたので明らかに主張がおかしい。

　故にリリスの声帯が発達し、ようやく発した一言は「ふく、きちぇ！（服着て）」だった。

　幼少期は前世の記憶が少し曖昧《あいまい》だったが、それでもささやかな思い出と常識を持ち合わせていたため、全裸で自分をあやす二人の悪魔にずっと言ってやりたかったのだ。家でも服を着ろ、と。

　そしてアモンのほうも、今でこそ外見に合わせた落ち着きを持ったが、リリスが小さな頃は昼間から女性を二十人も連れ込んで乱痴気《らんちき》騒ぎをしたりと、かなりヤンチャだった。

　ほかにもリリスが飼っていた猫を食べようとしたり、彼女の食べ物に「めちゃくちゃ元気になるから」と豚やカエルの血を混ぜたりと、二人の行動を思い出すだけで今も頭が痛くなる。

　いくら魔法で世間様の目を誤魔化せるとはいえ、一緒に暮らしているリリスはたまったものではない。だから十八年かけて彼らに普通の人間らしさを教え、せめて最低限の礼節と常識は守ってほしいと訴え続けた。

　お陰で二人は家でも服を着るようになったし、アモンに至っては乱痴気騒ぎは別邸で行うようになった。あと最近は集めても五人だと胸を張っていた。威張《いば》るところではない気がするが、妹とは兄に苦労させられるものなのだろうと割り切ることにした。

そんな破天荒な家で十八年過ごしたせいで、たぶんリリスも世間の常識から外れた人間になっている。一応貴族の令嬢らしい教育や礼儀作法を学んでいるが、それでも自信は持てない。慈善活動のために外に出るたび、ちゃんと人間らしく振る舞えているかとヒヤヒヤなのだ。

そんな自分を棚に上げて二人を叱《しか》るのも気が咎《とが》め、二人の奇行を黙って見過ごすことも多い昨今だが、サマエルの怪しい行動には不満と不安が渦巻いていた。

「『お嬢様の寝顔を見ること以上の幸福はない！』とか言っていたのに、ここ三日くらい夜も朝もいないの」

「それが普通な気もするが……、いやサマエルの場合はおかしいか」

「でしょう？　それに今朝起こしに来てくれたとき、全身ずぶ濡れだったの」

服を着ろと言って以来、サマエルは常に身綺麗にして執事のようなかちっとした服を身につけている。なのに、今日はずぶ濡れのままリリスを起こしに来たのだ。

「昨晩はすごい雨だったし、どこかに出かけていたんだろ」

「どこだと思う？」

「あいつは人を喰わなくなったし、となれば女……」

「お……」

リリスが真っ青になった瞬間、アモンが小さく吹き出す。

「冗談だよ。アレに限ってそれはない」

「本当にそう思う？」

「どうせお前を喜ばせようと、何か画策しているのだろう」

「それだったら嬉しいけど……」

どうも嫌な予感がして、リリスはうつむく。

不安のあまり昼食もあまり食べられずにいると、突然食堂の扉が開いた。

入ってきたのはサマエルだが、彼はなぜだか手や顔を黒いインクで汚している。

「どうしたのそれ……。何か、書き物でもしていたの？」

「ええ、大事な調査書を」

「調査書？」

「お嬢様、ついに私は見つけたんですよ！」

リリスの問いかけを無視したまま、サマエルは持ち前の美貌を更に輝かせながら、こちらにやってくる。そんな彼が軽く手を振ると、リリスの目の前に分厚い書類の束が現れる。

唖然としていると、アモンはおかしそうに口角を上げた。

「いったい何を見つけたって？」

「お嬢様の婚約者です！」

サマエルの言葉に、さすがのアモンも笑顔を消した。

「サマエル、お前ここのところずっと、リリスに来る縁談に憤慨《ふんがい》してなかったか？」

「ええ、どれもこれもお嬢様に相応しくない男ばかりでしたからね。まともな容姿も金もないくせに、お嬢様に求婚しようだなんて腹立たしいじゃないですか」

どうやらサマエルが怒っていたのは、嫉妬からではなかったらしい。

それに気づいた途端、リリスはつい落ち込んでしまう。

「ですがお嬢様が結婚すべき年頃であるのは事実。なら馬鹿な縁談が舞い込む前に、完璧な男を見つければいいのだと思いついたんです」

「いや、リリスに結婚はまだ早いんじゃないか？」

「お嬢様はもう十八歳。むしろ遅いくらいです」

「だがこの通り、色々未発達だろう」

そう言ってリリスの平らな胸を無遠慮に指さすアモンの手を、リリスは真っ赤になって叩く。悪魔のせいか、彼もサマエルも基本的に女性に対する礼儀がなっていない。

「家族とはいえ、兄さんは失礼すぎるわよ」

「事実だろ」

それに……とアモンはリリスにだけ聞こえるよう声を抑える。

「お前、誰かと婚約するつもりなんてないだろ？」

もちろん、リリスは頷いた。

（当たり前よ。私は今も昔も、サマエルだけが好きなのに……）

そしてそれを、アモンは知っている。彼は二人の事情も知った上で、生まれ変わったリリスを幸せにしたいというサマエルに協力してくれているのだ。

そしてもう一度サマエルと恋人になりたいと思っているリリスの気持ちも汲んでくれているが、当人であるサマエルだけがまったくわかっていない。

「今度の婚約者は本当に完璧なんです。顔良し、家柄良し、あと生殖器の状態も完璧でした」

「え、せいしょ……」

戸惑うリリスに気づかないのか、「大層ご立派でした」と彼は豪語する。

「な、なんでそんなことまでサマエルが知っているのよ……」

「むろん直に見たからです。調査を兼ねてこっそり男の家に忍び込み、魔法で全裸に剝《む》いて確認しました」

悪魔は便利な魔法をいくつも使えるが、明らかに使い方を間違っている。

「まさか、このところずっと家にいなかったのって……」

「この男の調査をしていたんです。その結果、とても立派だったことが判明いたしました」

「私、絶対に嫌！」

「安心してください、生殖器以外もとても立派な方ですよ」

そう言って先ほど落ちた書類を差し出してくるサマエル。渋々確認だけはしてみるが、紙面いっぱいに埋《う》められた彼の情報は、見るだけでげんなりしてしまう。

「これ、何？　観察日記か何かなの？」

「ええ。お嬢様に相応しいかどうかを探るため、日夜つきまとい、素行を調べた結果です」

「サマエル、それは犯罪だぞ」

こういう状況ではわりと常識人なアモンが、リリスの代わりに指摘してくれる。

「むろんバレないように魔法を使っていますよ」

得意げに胸を張るサマエルに、アモンもリリスもうんざりするほかない。

「そもそもだ、この男は確か婚約者がいたはずだ」

添付された写真を見て、アモンが苦笑する。彼は軍の高官で貴族たちとも縁がある。故に資料に書かれた男の素性にも覚えがあるのだろう。

「婚約者とは、仲睦《なかむつ》まじいと評判だ」

「そんなの魔法で記憶を改ざんして、破局させればいいでしょう」

「そこまでして結婚したくないわ！」

「でもこんなに素晴らしい経歴の持ち主はそうそういません。それに私の魔法でなら、心を作り替えてお嬢様に夢中にすることだって可能ですよ」

「それ、ぜんぜん嬉しくないんだけど……」

「でもお嬢様は、素敵な男性に溺愛される恋愛小説がお好きでしょう？　そういう性格に、私だったら作り替えられますよ！」

「そういうずるは嫌なの！　そもそも私が誰を好きか、サマエルが一番よく知っているはずでしょう！」

ついに我慢がならなくなり、リリスは椅子を倒す勢いで立ち上がる。

「私、小さな頃からずっとあなたが好きって言っているのに！」

「よく知っておりますし、私も大好きですよ」

「なら私と……！」

「ですが私は悪魔。あなたに普通の幸せを与えることはできません」

「私は別に、あなたが悪魔だって……」

「そう言えるのは、あなたが悪魔の本当の怖さを知らないからですよ」

言いながら、サマエルはリリスの顎《あご》にそっと手をかける。そのまま優しくリリスの顔を上向かせながら、サマエルは笑みを浮かべた。

「それに私があなたを育てたのはその綺麗な魂《たましい》が気に入ったからです。そして悪魔は気まぐれな生き物、いつかあなたに飽きて食べてしまうかもしれませんよ？」

リリスを見つめる瞳は獣のように瞳孔《どうこう》が狭まり、魔力を帯びた禍々《まがまが》しい紅へと変わる。白目の部分も禍々しい黒色に染まり、天使のような顔が邪悪に歪んだ。

「いつかなんて……来ないかもしれないでしょ」

「あなたは理解していないんです。悪魔は身勝手で傲慢《ごうまん》だ。そんな悪魔を愛した者が、幸せな人生を歩めるはずがない」

突き放すような声だが、サマエルの眼差しにはほんの少し切なさが混じっている。

「あなたが私を愛しているのはきっと、卵からかえったヒナが生まれて初めて見たものを愛《いと》おしく思うのと同じです」

ぜんぜん違うと言いたかったけれど、リリスはそれを言葉にできない。

（悪魔を愛した者に悲劇が訪れる可能性だって、私ちゃんと理解しているわ……）

それでもなお愛しているのだと言ってしまいたかったし、過去にもう何度も、その言葉を口にしたことはある。

でもどんなに愛を囁いても、今までリリスの言葉がサマエルの切ない表情を消したことはなかった。それどころか前世の記憶があると告げるたび、サマエルが浮かべるのは絶望の表情だった。

『前世の記憶なんて忘れてしまいなさい！　私たちの間に愛なんてなかったんです！』

頭をよぎったのは、リリスが前世を覚えているとうっかり口にしたときの光景だ。

自分に前世の記憶があると打ち明けるたびに、彼は喜ぶどころか絶望するのだ。その上彼は魔法を使い、リリスの記憶を消し去ろうとした。

どういうわけか魔法は効かなかったが、記憶が封じられないと知ればサマエルは今すぐにでもリリスの前から消えてしまいそうだった。故にリリスは、ずっと魔法にかかったふりをしている。

そしてサマエルの下手な嘘に付き合い、彼にたまたま命を救われた少女として側にいるのだ。

「あなたは人間と幸せな未来を築くべきです。そして私を愛していると言ってくれるなら、従者としてあなたを幸せにする権利だけ私に与えてください」

瞳を人間のものへと戻しながら、サマエルがリリスをぎゅっと抱き締める。

そうされるたび「悪魔とだって幸せになれる」と口にする勇気は消えてしまう。

かといって、サマエルの主張を乱暴に退《しりぞ》けることもリリスにはできない。

「お嬢様のことが大好きなんです。だから、私が幸せにして差し上げたい」

それが恋人としての言葉でないとわかっていても、こうやってねだるときに限って、彼は子供のように触れて甘えてくる。もしくは犬が飼い主にスキンシップをねだるような、無邪気で他意のない触れ合いをしてくるから、どうしても無下にできないのだ。

「だからこの後、一緒にこの男をつけ回しに行きませんか？　よかったら立派なモノも直に見に行きましょう。直に見れば、お嬢様もうっとりすること間違いなしです！」

とはいえ、やっぱりこんなのはあんまりだとリリスはため息をこぼす。

サマエルの考えは、やっぱりどこかおかしい。

（それもこれも、悪魔だからかしら……）

そんなことを考えているのが読めたのか、アモンが小声で「一緒にするな」とこぼした。

（いや、やっぱりサマエルがおかしいのよね、きっと……）

思えば、出会ったときからサマエルはほかの悪魔と少し違っていた。

でも恋人扱いしてくれただけ昔のほうがよかったなと、リリスは彼との出会いに思いを馳《は》せた。

◇◇◇　◇◇◇

サマエルとリリスが出会ったのは、今より遡《さかのぼ》ること三百年ほど前のことである。

当時、世界をまとめていたのは国ではなく神の教えだった。

世界の創造主である神に感謝を捧げて生きていくことが美徳とされた時代、神の言葉を民に広める教会が人々を動かし、国家よりも力を持っていた。

人々は教えに沿って生きることを良しとし、リリスもまた修道女として荒れ地の教会で暮らしていた。前世の彼女も捨て子で、親はいなかったのである。

当時、神への祈りは言葉ではなく歌で伝えるものとされていて、リリスは誰よりも歌がうまく竪琴《たてごと》が得意だったので、教会では重宝されていた。

とはいっても、人も少ない荒れ地の教会を訪れる者はそう多くない。歌を必要とする祭事も少なく、そのせいで竪琴の腕が鈍《にぶ》るのを恐れた彼女は、教会の近くにある廃れた水車小屋の側で毎日朝と晩に歌の練習をしていた。

そして十三の冬、リリスは初めてサマエルに出会ったのだ。

最初、リリスは彼を獣か何かだと思っていた。小屋の陰からじっとこちらを見ている姿は大きな猫のように見えたのである。

正体がわからない故に最初は恐ろしかったが、リリスは育ての親である司祭から恐怖に負けぬようにと、いつも言い聞かされてきた。

『恐怖を感じたときは、その姿をよく見て確かめなさい。恐怖に目を曇らせれば判断を誤り前に進めなくなる』

そんな言葉を思い出し、リリスは逃げるのではなく、大きな獣をじっと観察することにしたのだ。一見すると恐ろしい野獣にも見えるが、よくよく目を凝《こ》らすと、リリスの歌に合わせ獣は尾を揺らしている。

明るい曲のときは楽しげに、静かな曲のときはゆったりと揺れる尾がなんだか可愛らしくて、いつしか恐怖は消えていた。音楽に理解のある動物なんて珍しいと親しみさえ抱いていた。

それから年が三つほど巡ったが、サマエルはほぼ毎日リリスの歌を聴きに来た。つかず離れずの距離で、身体を小屋の陰に隠すようにしながら、彼はリリスが訪れるのを待っていた。彼女が現れると嬉しそうに尾を振り、早くとせかすように小さな唸《うな》り声を上げる。

せっかくならもっと近くで聴けばいいのにと思ったが、獣に人の言葉はわからないだろうと思い、リリスは乞われるがまま歌った。

そんな関係がいつまでも続くと思った頃、リリスは初めて『悪魔』という存在を知った。当時、大きな町では悪魔にそそのかされた人間たちが窃盗や殺人を繰り返す事件が増え、治安が悪くなっていたのだ。

そんな悪魔がこの辺りにまで流れてくるかもしれないと、司祭はリリスに注意を促した。

「あなたは清らかで美しい。そういう女性は特に悪魔に狙われやすいから気をつけなさい」

悪魔は処女を好み、その生き血を啜り戯《たわむ》れに心臓を抉《えぐ》り出すのだと教えられ、リリスは恐怖に青ざめた。

「いついかなるときも、悪魔を遠ざける教会のシンボルを手放さぬように」

司祭に念押しをされ、リリスは怯《おび》えながらそれに頷いた。

しかし一方で、こんな荒れ地にまで悪魔は来ないだろうという僅《わず》かな緩みもあった。

そんな緩みにつけ込むように、リリスが残虐な悪魔に出会ってしまったのは十六の冬のことだった。歌の練習をするためにいつもの場所へと向かっていたとき、人間に化けた悪魔が突然目の前に現れたのだ。

その悪魔は、若い男の姿をしていた。美しく、しなやかで、女性を虜《とりこ》にするため生まれたような容姿であった。

一見すると普通の人間のようだが、悪魔はリリスが首から提げたシンボルを見た瞬間、その瞳を異形のものへと変えた。

鋭く光る紅い目を見た瞬間、リリスは目の前の男が悪魔だと直感した。

しかし気づいたところで、非力なリリスが悪魔を退けられるわけがない。逃げ出したもののあっという間に追い詰められ、悪魔はリリスを喰《く》らおうとその首筋に牙を向けた。

『それは、私のものだ』

だが次の瞬間、リリスを組み伏せていた悪魔が突然消えた。

代わりに、大きくて真っ黒な異形がリリスの前に立っていた。

二メートルを越えるそれは、あまりに異様だった。背中から見ると真っ黒な毛皮のコートに身を包んだ男のように見えたが、コートから覗く腕や手足は骸《むくろ》を思わせる異常な細さである。

だが不思議と、リリスは異形を恐ろしいと思わなかった。

なぜならその異形が、悪魔を鋭い爪で切り裂き追い払ってくれたからだ。

悪魔が逃げ出すと、異形はゆっくりと振り返った。

フードのようなものを深くかぶっているので、その顔はよくわからない。だが目の位置には、先ほどの悪魔と同じ真っ赤な目が輝いていた。

この異形もまた悪魔だとすぐさま気づいたが、やはり恐怖は感じない。

むしろ怖がるようにビクッと身体を震わせたのは、悪魔のほうだった。

悪魔は長い尻尾をたぐり寄せ、落ち着きがない様子でそれをにぎにぎしている。

その尻尾を見て、リリスはこの三年間ずっと自分の歌を聴いていたのが目の前の悪魔だと気づいたのだ。

「あなた、名前は……？」

思わず尋ねると、彼は尻尾を握り締めながらその場にしゃがみ込む。

しゃがみ込んでもなお巨大だったが、獣がお座りをしているような格好なので恐ろしくはない。

『サマエル、と、いいます』

不気味な声が、たどたどしく名を告げる。それからサマエルは、何かを期待するように僅かに首をかしげた。

その動きで、リリスははっと気づく。

「私はリリス、リリス＝ブールズよ」

『……リリス。リリス』

不気味な声が、楽しげに弾む。

「名前、変かしら？」

『いいえ。綺麗です。名前、ずっと、聞きたかったです』

姿も声も恐ろしいのに、彼の物言いは子供のようだった。

そして悪魔の瞳も、どこか無邪気に輝いている。

「私も、あなたとお話しできて嬉しいわ」

目の前の悪魔を、リリスは怖いどころか可愛いとさえ思い始めていた。

「サマエルは、歌が好きなの？」

尋ねると、サマエルは手放した尾を大きく振った。

『好き。リリス、大好きです！』

歌という単語が抜けていたせいで、なんだか自分が告白されたようで恥ずかしくなってしまう。身体が熱を持つとともに、そのとき芽生えた胸の甘い疼《うず》きをリリスは転生した今

もよく覚えている。

たぶんこれが、サマエルを愛おしく想う最初のきっかけだった。

そしてその日から、サマエルはリリスの側で歌を聴くようになったのだ。

彼女を守るように、教会から水車小屋までの送り迎えを請け負い、その報酬に彼の望む歌を歌うのが二人の日常となった。

悪魔は悪しきものだと司祭からは言われていたけれど、サマエルは祈りの歌を嬉々として聴いているし、時折自分の歌声まで重ねることがある。

不浄なものである悪魔は、神の名や祈りの歌を嫌うと言われていた。なのに神の名を口にしても平気な彼はきっと良い悪魔なのだと、リリスは思っていたのだ。

とはいえ、改めて近くで見ると彼の容姿はかなり歪《いびつ》である。

コートに見えていたのは大きな黒い熊の毛皮と布を貼り合わせた物で、その下に隠れた身体は様々な生き物が混ざったような不気味なものだった。人間の髑髏《どくろ》を思わせる顔と腕、下半身には獣のようなかぎ爪と尾があり。背中には鳥のような羽が生えている。

その全てが真っ黒で、彼の身体からは黒くて不気味な陽炎《かげろう》が絶えず立ちのぼっていた。

その様は異様で、突然目の前に現れたらリリスも驚いていたことだろう。

それをサマエルも自覚していたから、彼は服の代わりに毛皮を着て、動物のふりをしていたらしい。

でもリリスが自分を怖がらないとわかると、彼は髑髏のような顔をリリスの前では晒《さら》すようになった。固い頬骨は常にピクリとも動かないが、暗い穴の奥で光る悪魔の瞳が感情によって色を変え、彼を取り巻く陽炎が気持ちに合わせて揺れるので彼の考えはむしろわかりやすい。

恐ろしい容姿だが、リリスの前での彼はまさに子供だった。甘えるように尻尾を巻き付けてきたり、翼を羽ばたかせながら歌をせがんだり、リリスにくっつきたいとすり寄ってくるときもある。

そして望まれるがまま触れると、サマエルは幸せそうに目を細めるのだ。

そうしていると、リリスも穏やかな気持ちになれた。

生まれてすぐ両親に捨てられ、教会で育てられた彼女には家族がいない。育ててくれた司祭は優しかったが、教会にはほかの孤児もいたので、自分だけが甘えることはできなかった。

でもサマエルならば、リリスが甘えるのを許してくれた。リリスがサマエルの感情を読めるように、サマエルもまたリリスの気持ちを悟るのがうまい。

辛いことがあった日は贈り物をくれたり、寂《さび》しさにとらわれた夜はこっそりリリスの部屋まで来て一緒に眠ってくれた。

好意を向ければそれに喜び、愛情を求めれば応えてくれる。

そんな存在が、リリスの中で大きくなっていくのは必然だった。そしてその気持ちは、サマエルも同じだとリリスは思っていた。

とはいえ、悪魔である彼と四六時中一緒にいるわけにはいかない。月日が流れるうちに、教会と悪魔の対立は激化し、リリスの住む荒野の教会にも悪魔を殺す術を持つ神父が配属されることになった。

「私たち、もう会わないほうがいいかもしれない」

サマエルにとって脅威《きょうい》となり得る存在が現れるなら、自分との関係を続けさせるわけにはいかない。

そう決意したのは、十九になった冬の日だった。

いつもの水車小屋でサマエルに抱き締められていたリリスは、別れを告げねばと決意をしたのだ。

『……私が、嫌いですか？』

「いいえ、その逆よ。でも、ここにいたらあなたは殺されるかもしれない」

『私は、強いです』

「でも怪我《けが》をするかも。それに私、あなたが人を殺すところも見たくないの」

サマエルの胸に寄り添いながら、リリスは小さくため息をつく。

「私は教会の人間だし、悪魔が人を殺すことに、どうしても嫌悪感を抱いてしまうのよ」

『いやなら、殺す、しません』

「でも悪魔は生きるために、人の血を飲まねばならないのでしょう？」

自分だって、生きるためにほかの動物の肉を食べている。なのに、悪魔にだけそれを咎めるのは果たして正しいことなのだろうかと、近頃リリスは思っていた。

しかしそれでも、教会から悪魔が女子供を殺しているという話を聞くと、胸は痛み悪魔を憎く思う気持ちが芽生えてしまう。

(私は矛盾している。そしてそれが、サマエルをいつか傷つけてしまう気がする)

「サマエルのことは大好きよ、でも、悪魔という存在を愛しきれないの」

リリスの言葉に、サマエルは寂しそうに項垂《うなだ》れた。それを慰めたかったけれど、そうする資格はきっとないのだとリリスはわかっていた。

『……なら、私が、悪魔をやめればいい』

けれどサマエルはリリスを手放そうとしなかった。歪な腕と巨大な翼でリリスを抱え込み、彼は彼女の髪に頬骨を寄せる。

「そんな簡単にやめられるものではないでしょう？」

『でも悪魔、人間にちかづけます。ちかづくと、食事も……人と同じでよくなる。それに友達、人間と……家族になりました』

「家族？　本当に？」

「友達、アモン、いまデキアイしてるって言ってました」

溺愛のことだろうかとリリスが首をかしげた直後、サマエルは彼女のためにと摘《つ》んできた花を手に取る。

花の茎を丸めて結び、指輪のようなものを作った彼はそれをリリスの薬指にはめた。

『ここに、輪をはめると、家族になれると聞きました』

「婚約指輪のことね。でもそれは、好きな者同士が結婚するときに贈るもので……」

『私もあなたが大好きです。ケッコン、したいです』

真剣な眼差しに、リリスは言葉に詰まってしまう。

自分は修道女で、人間とだって結婚してはいけない決まりがあった。だから誰かを好きになることも家族を持つことも考えたことすらなかった。

でも指にはめられた花を見た瞬間、どうしようもなくサマエルと生きていきたいとリリスは思ってしまった。

「結婚したら永遠に一緒にいなければならなくなるのよ？　それでもいいの？」

半分は自分に問うように、リリスは告げる。

『永遠、嬉しいです』

彼女には迷いがあったが、サマエルのほうは欠片《かけら》もそれがない。

『私の永遠、あげます。だからリリスの永遠も、ください』

「本当に、私でいいのね」

『はい。一生……いや何度生まれ変わっても、リリスのゼンブが欲しい』

サマエルの言葉で最後の迷いが消えて、リリスは彼をきつく抱き締める。

悪魔は、人を惑わせるために甘い言葉を吐くと司祭は言っていた。確かに悪魔の言葉は甘く、そして毒のようだとリリスは思う。

サマエルの言葉はリリスの魂を絡め取り、愛さずにはいられなくするのだ。

（私はたぶん、永遠に彼から離れられない）

その夜、リリスはサマエルと共に荒れ地の教会から姿を消した。悪魔に攫《さら》われたのだと司祭たちは嘆《なげ》いたが、それさえ届かぬ遠い地へと二人は旅立った。

しかし安住の地を探す途中、二人に別離が訪れる。

奇《く》しくも夫婦の契《ちぎ》りを結ぼうと訪れた教会で、リリスは悪魔に殺され最初の生を終えることになったのだった。

第二章

帝都の中央にある貴族街。その中でも一際大きな屋敷に、リリスは住んでいる。

アモンとサマエルが二人で購入したという家は、建国当時からある由緒あるもので、三人暮らしなのに部屋が十以上もある大豪邸だ。

最初にこの屋敷に連れてこられたとき、赤子ながらリリスはその広さに驚いたものだ。

前世のことをひた隠しにするサマエルは『いずれあなたを餌《えさ》にする。そのときまでこの屋敷であなたを育てます』とわかりやすい嘘をつき、この屋敷にリリスだけの部屋を作った。今思っても、安易で下手な嘘だと思う。サマエルは、嘘が本当に下手なのだ。

そして自分のついた嘘をすぐに忘れてしまう。

前世の頃もそうだったが、サマエルは悪魔にしては結構抜けているのだ。

故に餌にすると言ったことも忘れ、この十八年間サマエルはここでリリスを溺愛し続けている。

（愛情は……まだ絶対あるのよね……）

そんなことを思いながら、リリスは自室で一人ため息をこぼす。

それから彼女は、指輪が並ぶケースをぼんやりと眺めた。

生まれ変わり、サマエルと再会して一緒に暮らすようになってから、彼は数え切れないほどたくさんの指輪をリリスにくれた。

（でも、欲しい指輪だけは絶対にくれない……）

子供の頃は、大人になれば再び結婚できると思っていた。しかしそれは間違いで、彼はリリスが彼を愛することすら許してくれない。

なのに、贈られる指輪はどれもかつてもらった花の指輪にどこか似ている。だから期待したくなるし、今もサマエルは自分を愛してくれている気がしてならない。

「おや、まだ支度をなさっていないのですか？」

物思いに耽《ふけ》っていると、不意にすぐ後ろから声がした。

小さく悲鳴を上げて振り返ると、怪訝《けげん》そうな顔のサマエルが立っている。

「あなたまた、魔法で壁を抜けてきたでしょう……」

「扉を開けるのが面倒ですし、お嬢様がなかなか下りてこないのが心配になりまして」

だからといって、音もなく背後に立たないでほしいとリリスは呆《あき》れる。

「今日は雨になりそうですし、早く出かけましょう」

「何度も言うけど、あなたが言う婚約者には会わないから」

「会うのではなく、こっそりつけ回すだけです」

「なおさら嫌！」

「でも会えばきっと好きになります。あとアレを見れば……」

「もうその話はしないで！　とにかく、私は行かないわ！」

腕を組んで、ふいと顔を逸《そ》らす。

途端にサマエルがしょんぼりする気配がして、僅かに罪悪感が芽生える。

リリスに拒絶されると、子犬のように落ち込むのは今も昔も変わらない。その上今は美しい顔なので、悲愴感がよりいっそう漂ってくるのだ。

（でもここで絆《ほだ》されちゃだめよね。知らない男の人をこっそりつけ回すとか絶対嫌だし）

ここは我慢だと思って耐えているが、今日のサマエルはいつになく往生際が悪い。

リリスを抱き締めると、彼女の頭にこてんと頬を乗せる。

そのまま不満を主張するように頬をグリグリ押し当てられていると、部屋の扉が乱暴にノックされた。

「おいサマエル、出かけるぞ！」

ノックはしたものの、許可を待たずに入ってきたのはアモンだ。こらえ性はないが、壁を抜けて入ってくるサマエルよりはマシかと思ってしまうあたり、リリスは悪魔との生活に慣れすぎている。

「あなたと出かける予定はありません」

「さっき入った」

言うなり、アモンが突き出したのは皇帝陛下からの書状である。

「お前に尋ねたいことがあるんだそうだ」

「私がお仕えするのはお嬢様ただ一人です。ほかの人間からの申し出は受け付けません」

「……リリス」

どうにかしろという目で見てくるアモンに、リリスは苦笑する。

「アモンと出かけてサマエル。相手は皇帝陛下なのよ？」

「それが？」

「この国で一番偉い方だし、あなたとアモンとはお友達なのでしょう？　皇帝陛下の呼び出しを断るのは、どうかと思うわ」

今はリリスの従者をしているが、かつて軍に所属していた頃の彼はとてつもなく優秀なスパイだったらしい。どんな情報収集も暗殺もお手のもので、軍部では伝説扱いされていたとアモンが昔教えてくれた。

（まあ、悪魔がスパイに適しているのは当たり前よね……）

人の記憶や感情を操れる上に、壁だってすり抜けられる魔法はあまりに便利だ。彼の正体を知らない人から見たら、その仕事ぶりは神懸《かみが》かって見えただろう。

退職した今も、軍の高官や皇帝直々に仕事が回ってくることは多く、そのたびリリスとアモンがサマエルを説得するのが常だった。

「しかし、それでまた長期の仕事だったらどうするんですか？　その間、誰がお嬢様のお世話をするんですか？」

「自分のことくらい自分で面倒見られるし、長期って言ってもあなたの場合せいぜい三日でしょう？」

普段なら半年ほどかかる仕事を、彼の場合は一瞬でやり遂げてしまう。むしろ早すぎるから、こっそり屋敷に戻ってきてはリリスを巻き添えにして引きこもり生活を送るのが常だ。

「帰ってきたら、どんなお世話でもさせてあげるから」

「どんなお世話でも？　お風呂もですか？」

「お、お風呂は……ちょっと……」

「なら行きません」

サマエルが拒否した途端、アモンからの鋭い視線が飛んでくる。

「わ、わかったわよ。お風呂のお世話もお任せするから、ちゃんとお仕事してきて！」

「約束ですよ？」

ようやくリリスを解放したサマエルは、いつになく上機嫌だった。

「あ、でも、あんまり危ないことを任されたときは……」

「もちろんです。それにあなたが生きている限り殺しはもうしません」

「そうね、そういう約束だったわね」

人を殺す悪魔は受け入れられないと前世でリリスが告げて以来、サマエルは人を殺すのを極力避けている。

リリスがいない三百年間は、アモンと共に戦場を駆け血を求めたこともあるようだが、リリスの転生後はそれもやめ、食事も人と同じものをとっていた。血を飲まないと悪魔の力は多少弱まるようだが、リリスが嫌がることはしたくないと彼女に合わせてくれている。

「でも、必要なときは躊躇《ためら》わないでね。あなたを失うくらいなら、私は……」

誰が死んだってかまわないという言葉は、咄嗟に呑み込んだ。

でもそのとき、リリスははっきりとそう考えていた。

（ほかの人なら死んでもいいなんて、私のほうが悪魔みたい）

修道女だった頃にはなかった残酷な考えが、近頃は頭をよぎることが増えた。

悪魔と暮らしているせいか、それともひどい戦争が続く世界で生きてきたせいか、彼女の考えは昔とは大きく変わってしまっている。

それでも人間らしさを保とうと慈善事業に打ち込み、人からは聖女と呼ばれるほどになった。だがサマエルが絡んだ途端、清く正しい自分は消え去り、悪魔の愛と無事だけを望む罪深い女になってしまう。

「私は死んだりはしません。あなたを幸せにするのが仕事ですからね」

悲しませるようなことはしないと美しく微笑むサマエルを見て、リリスは頷く。

「だからご褒美《ほうび》の約束も、ちゃんと守ってくださいね」

「わ、わかった……」

「どこもかしこも磨きますからね」

「ど、どこもかしこも？」

「頭の天辺からつま先、髪の毛一本一本までもこの手で磨かせていただきます」

そう言ってリリスの髪を一房取り、サマエルが毛先に甘く口づける。

身体に触れられたわけではないのに身体がじわりと熱くなり、リリスは戸惑いながら僅かに身を引いた。

真っ赤な顔を手で押さえれば、サマエルは嬉しそうな顔のまま「約束ですよ」と念を押す。あれだけ嫌がっていたくせに、スキップしながら部屋を出て行く彼にリリスは呆れ、アモンが小さく笑った。

「あいつも、ついにお前に女の喜びを与える気になったのか」

「お、女の喜び……!?」

「だって風呂に一緒に入るんだろう？」

「そ、そういうのじゃないわ。ただ、私の身体を洗いたいだけに違いないし」

小さな頃はよくそうされたし、お風呂でリリスの世話を焼くのが彼は大好きなのだ。

「でも一緒に風呂に入るのは子供のとき以来だろ？　裸のお前を見て我慢ができなくなるかもしれないぞ」

「だったらいいけど……」

はしたないけれど、女として愛され触れられたい欲求がリリスにもある。むしろありすぎると言っても過言ではない。

サマエルともう一度愛し合い、今度こそ結婚しようと思っていた彼女は小さな頃から男女の交際や結婚の義務についてこっそり勉強していた。

夜の行為についてももちろん知っており、いずれサマエルと身体を重ねるのだとずっと思っていたのだ。

しかしその期待は裏切られ、知識だけは豊富な残念な処女と化している自分がリリスは時折ものすごく恥ずかしくなる。

「今回も、期待するだけ無駄な気がする……」

「だったらお前から襲ってみればいいだろう」

「もうやったけど、だめだった」

「やったのかよ」

「前にこっそり裸で近付いたときは、『風邪を引きます！　いや、むしろもう引いているかもしれない！』って大慌てで看病されたわ」

「悪魔は女の色香を好むはずなんだけどな」

言いながら、リリスの平らな胸をじっと見つめてくるアモンに、彼女は恨みがましい目を向ける。

「どうせ色気ないわよ」

「まあ、人間は思うように成長できる生き物じゃないからな」

ズバッと言われて傷つくが、リリスの心はまだ挫《くじ》けていない。

「でも、これから頑張れば大きくなるかもしれないでしょ」

「ないものねだりはやめておけ」

「でも希望は捨てたくないの。いつか絶対、必ず、サマエルを落とすって決めているんだから」

今のところなしのつぶてだが、それでもやっぱり諦めたくはない。

「お前は逞しいな」

「まあ不安もあるけど、それでもやっぱり好きだし」

前世の記憶を消そうとしたときのサマエルを思い出すと、ほんの少し気持ちが沈む。

記憶を持つことに絶望する理由は未だにわからないし、それがずっと心に引っかかっている。

だが何があったにせよ、サマエルがリリスに愛情を抱き執着していることは事実だ。

ならばもう一度恋人になりたいと思わせ、不安は少しずつ解消していけばいいとリリスは前向きに考えていた。

「三百年も待たせてしまったんだもの。私だって、サマエルを幸せにしたいわ」

今度こそ恋人として、愛情もたくさん捧げるのだと意気込めば、アモンが眩《まぶ》しそうに目を細める。

それからアモンは、突然リリスの頭をわしゃわしゃと撫でる。

「前向きな女は嫌いじゃない。ここは、俺も協力してやろう」

「えっ、兄さんが？」

リリスの兄役を買って出てくれているアモンだが、リリスとサマエルとの関係にはあまり深入りしてこなかった。

どちらかというと煙たがり、二人のやりとりを見て呆れることが多かったのだ。

一緒にくっついていると「人のいないところでやってくれ」とうんざりするのが常で、故に恋愛ごとが嫌いなのだとリリスは思っていたくらいである。

「本当に手伝ってくれるの？」

「そうしないと、お前を人間に嫁がせなきゃいけなくなるだろう？」

言いながら、アモンはリリスの額を指先でつつく。

「お前のことは気に入っている。脆弱《ぜいじゃく》な人間にくれてやるのは惜しいし、サマエルもそろそろ覚悟を決めるべきだ」

「アモンが味方になってくれたら百人力だわ！」

「あまり期待するな。相手はあのサマエルだし、俺でも時々持て余す」

そう告げる声はちょっと疲れていて、リリスはおかしくて笑った。

「でも、二人は本当に仲がいいわよね」

「まあ、なんだかんだ同じ穴の狢《むじな》だからさ」

「それ、どういう意味？」

「俺たちは、悪魔としちゃ歪んでる」

苦笑を浮かべ、そこでアモンは手で胸をそっと押さえた。彼が服の下に、結婚指輪を吊したネックレスをつけていることを、リリスは知っている。

詳しい話は聞いたことがないが、彼もまた昔一人の人間に恋をしていたらしい。

その相手が忘れられず、女遊びに走るのもその寂しさの裏返しなのだと昔サマエルが言っていた。

「歪んでいても、愛はいいものよ。だからアモンが恋に困ったときは、私が手伝うから言ってね」

「自分の恋も成就できないくせに」

「じ、自分の恋だからこそままならないってこともあるでしょ？」

「一理あるが、お前の助力は必要ない。お前らと違って、俺が本当に欲しい女は……きっともう二度と現れない」

　そう言いつつも、アモンはまだ恋人を待っているのではないのだろうかとリリスは思う。けれど尋ねてもはぐらかされてしまう気がして、それ以上の追及はしなかった。

「だがお前らは再会できたんだ。今度はうまくやれ」

「やりたいけど、サマエルが拗《こじ》らせすぎてて……」

「まあ、俺もなんであんなに拗らせたのかは少し不思議に思ってる」

　一度目の人生で、二人の恋は悲劇的な結末を迎えた。

　そのせいだろうという気はするが、リリスが覚えている限り、最後の瞬間までサマエルはもう一度恋人として会いたいと思ってくれていた気がする。

　そしてリリスも、それにちゃんと答えたはずだ。

　しかし三百年経ち、再会したサマエルが望んだのは『下僕』である。

　殺されたときの責任を感じているのかもしれないが、それ以上の何かがある気がしてならない。

(でもサマエルは、何も教えてくれない……)

恋人になりたかったのは自分だけなのではと思うほど、彼は下僕に徹していた。

彼が望むなら今の関係を続けるべきなのかもしれないと思ったこともあるが、そのたび花の指輪をもらったときの光景が頭をよぎるのだ。そしてもう一度、今度は本物の指輪を彼にはめて欲しくてたまらなくなってしまう。

「でもいつか絶対、サマエルにもう一度恋してもらう」

決意が口からこぼれると、アモンがにやりと笑う。

「なら、あとで〝いいもの〟をやる」

「いいもの?」

「まあ、楽しみにしておけ」

悪魔の言う『いいもの』とはいったいなんなのかと、普通の人間ならば不安を覚えるところだろう。

しかし目の前の悪魔を兄として見てきたリリスにとって、彼の提案を拒むという考えはまったくない。

むしろ彼女は大喜びし、アモンの身体に抱きついた
「ありがとう兄さん。私、頑張ってサマエルを落としてみせるわ」

「わかったから離れろ。お前の匂いがつくとサマエルが拗ねる」

「拗ねないわよ。だってほかの男と付き合えって言うくらいよ？」

　大丈夫だと繰り返しながら、リリスは感謝と抱擁を続けたのだった。


「アモン。あなたリリスに抱きつきましたか？」

　皇帝の住まう宮殿に向かうため、車に乗り込んだアモンを待っていたのは露骨に顔をしかめたサマエルだった。リリスはあり得ないと笑っていたが、案の定である。

「あいつから抱きついてきたんだ」

「あなたなら回避できたでしょう」

「その反動で怪我でもさせたらどうする。リリスを大事に扱えと言ったのはお前だろう」

　アモンの言葉に、サマエルは不満そうな顔のまま押し黙る。

　ひとまず追及は止まったらしいとわかり、アモンは車を発進させた。

　悪魔……それも二人とも翼を持っているので乗り物などは必要ないが、人間としての体裁を保つために二人はあえて移動に車を使う。

　馬を使っていた時代は面倒くささが勝って横着もしたものだが、サマエルもアモンもこの車という乗り物は好きだ。

好きが高じて、有り余っている金でそれぞれコレクションを持っているほどだが、サマエルの運転は悪魔が震え上がるほどお粗末なので、ハンドルを握るのはもっぱらアモンである。

「俺にまで嫉妬するくせに、よくリリスに婚約者を宛てがおうと思ったな」

「彼女の幸せのためですから……」

言いつつ、ちらりと窺い見たサマエルの横顔は強張っていた。

(いったい、何がこいつをこんなに頑《かたく》なにしているんだ……)

悪魔とは本来、欲望に忠実な生き物だ。そしてアモンが見た限り、サマエルは確実にリリスを欲している。

現に今もリリスが足りなくなったのか、サマエルは懐《ふところ》からとあるものを取り出した。

「お嬢様に会いたい……」

彼が引っぱり出してきたのは、小さな子供用のフォークである。

かつてリリスが使っていたもので、それをサマエルは心の安定剤として常に持ち歩いているのだ。

ちなみにこのほかにも、サマエルはリリスが使っていたオモチャや着ていた服などを集め、寂しくなるたび魔法で取り出している。時には匂いを嗅いで、はぁはぁと呼吸を荒くしていることまである。

リリスはそれを知らないが、教えるべきか否かアモンは決めかねていた。

悪魔の目から見ても、サマエルの収集癖はちょっと変態的すぎる。

「まだ、別れて五分もたってないだろ」

「もう無理です。彼女が足りない」

言いながら、助手席の上で膝を抱え、サマエルは祈るようなポーズでフォークを握り締めている。

「……頼むから、皇帝の前でそれは出すなよ」

「約束はできません」

「せめてポケットから出すな」

「魔法で誤魔化すという手は？」

「やめておけ。近頃、悪魔の魔法についての話が軍部でも出ているし、安易に魔法を乱用するのは得策じゃない」

アモンの言葉に、サマエルがようやくまともな顔になる。

「たぶん、今日呼び出されたのもそれ絡みだろう」

「まさか、帝都に私たち以外の悪魔が？」

「それはないだろうな。リリスのためにと、国中の悪魔を誰かさんがほとんど殺しちまったし」

この三百年ほどで、悪魔の数はかなり減った。そしてその一番の原因は、隣でフォークを握り締めている情けない悪魔のせいだ。

サマエルはどちらかといえば物静かで、闘争を好まない。

人々の多くは知らないが、悪魔はかつて神の使い——天使と呼ばれていたことがある。

アモンは天使ではなかったが、サマエルは天使の中でも位が高く神のお気に入りであったという話を、昔悪魔の仲間から聞いた。サマエルは昔から純粋で、悪魔に堕《お》とされたときでさえ恨みや争いから無縁だったらしい。

そもそも彼が悪魔になったのだって、彼のせいではない。まだサマエルが天使であった頃、天上は今の地上のように嫉妬と憎悪が蔓延《はびこ》っていた。誰もが神のお気に入りになろうと日々争いが起きていたのである。

それを嘆いた神は、争いを見たくないからと全ての天使を自分の世界から追い出してしまったのだ。サマエルのような、優しい天使も含めて。

人間は神を慈悲深い存在であると信じて崇めているが、悪魔たちに言わせれば神は無慈悲で、無責任な存在だ。

争いを見たくないからと自分以外の存在を世界から追い出し、天使たちが更に醜く歪んでしまっても素知らぬ顔をしている。追放を嘆き、心を歪ませた悪魔たちが人間を屠《ほふ》ることに生きがいを見出《みいだ》しても、他人事を決め込んでいる有様だ。

神とは基本冷酷で、人間はもちろん天使や悪魔にさえ理解の及ばぬ不可思議で理不尽な存在なのだとアモンも常々思っている。

そして、その理不尽さに最も振り回されたのはサマエルであろう。

天使だった頃の彼は今よりもずっと美しく清らかだった。そんな彼を神は愛し、絶大なる力を与えた。そのせいで彼は、ほかの天使から嫉妬され、憎悪され、悪意を向けられていた。

彼の容姿が一際醜かったのもそのせいだ。地上に堕とされた天使は、身に纏った悪意の大きさによってその姿を変えられた。

サマエル自身は清らかなのに、他者からの悪意を受け続けたことによって歪み、この世で最も醜い姿の悪魔となったのだ。

故に天使も人間も、サマエルを恐れ一方的に虐《しいた》げた。

それでもなお、サマエルは人を殺そうとせず、逆に殺されそうになったところをアモンが助けてやったことは一度や二度ではない。

そんな彼が唯一、悪魔らしく執着したのがリリスだった。

唯一にして絶対の存在。そう言っても過言ではないほど、サマエルにとってリリスは宝だった。

故にリリスを悪魔に殺されたとき、彼が変貌を遂げたのは必然だったのだろう。

あれほど残酷さとは無縁だった彼が、リリスを殺した相手をきっかけに、次々と悪魔を殺していったのだ。

リリスが再びこの世に生を受けたとき、彼女が安心して暮らせるようにするのだと、当時の彼は笑いながら人に仇《あだ》なす悪魔を次々と葬《ほうむ》っていた。

刃向かう者への容赦のなさから、彼を悪魔の王だ魔王だと呼ぶ者もいたくらいである。

アモンはサマエルと親しかったので殺されずにすんだが、非道の限りを尽くしていた友の姿を思い出すと今でも震えが走る。

最も清らかな天使として生まれ、悪魔になってもなお純粋だったサマエルは、リリスを失ったことでこの世の悪魔全てから恐れられる存在へと変わり果てたのだ。

リリスが転生したことで恐ろしい一面はすっかり色あせたが、もし彼女に何かあれば——もしそれが人の手によるものであったのなら、今度はきっと人間さえ滅ぼそうとするだろう。

そう思ったからこそ、アモンは彼の頼みを聞き入れ、リリスの兄として彼女を守っている。人として生きることは時に窮屈だが、我慢をしているのは隣にいる親友を子供用フォークに縋る残念な悪魔にしておくためだ。

そうしなければ、サマエルはこの世を壊しかねない。人畜無害な顔をしているが、サマエルはそれだけの力と残虐さを身の内に秘めている。

だからアモンとしてはさっさとリリスとくっつき、サマエルに心の安定を取り戻してほしい。悪魔を殺しまわることはなくなったが、どう考えたって今の彼はおかしい。

あれほど執着し、悪魔を殺しまわるほど愛していたリリスとまったく仲を進展させないなんて異常だ。婚約者を宛てがうなどと言っているが、いざリリスが結婚などしたら絶対またおかしくなるに決まっている。

(下僕で満足できないときがくると、いい加減気づいてもらわねば……)

そして彼にはリリスと、平和な人生を送ってほしい。

かつて一人の女性を愛し、彼女が転生する希望を捨て切れないアモンにとっても、サマエルとこの世界の平和の維持は絶対に必要なことだ。

軍人として戦争に参加し、勝利を勝ち取ったのだっていずれ来る再会のときを平和に迎えたいと思ったからだし、不安の芽はなるべく早く摘んでおきたい。

そんなアモンの考えなど知る由《よし》もなく、再び「リリスが足りない」と呻《うめ》きだしたサマエルにため息を重ねる。

その後百回ほど「リリスに会いたい」と繰り返すサマエルにうんざりしてきたところで、ようやく目的の宮殿に辿り着いた。

厳重なセキュリティをいくつも越え、通された部屋で待っていたのは若き皇帝だ。

その周りには軍での知り合いがおり、サマエルを見るなり「本当に来た」と驚いた顔をしている。

皇帝からの要望でも、七割は退けるためサマエルはすっかり珍獣扱いだ。

「突然の呼び出しに応じてもらえて、感謝する」

皇帝は、十五という若さもあって腰が低い。

それを馬鹿にする者もいるがこう見えても強《したた》かな男で、腰の低さはその隠れ蓑《みの》だとアモンは知っている。

それに皇帝はとても聡く、鋭いところがある。時折、アモンやサマエルの正体を知っているような目をするため、出会った当時はかなり警戒したものだ。しかしそれでいて必要以上の詮索をせず、彼らから助力を得ようとしないとわかってからは、人間にしては賢いと一目を置いている。

たぶんこの男は、人間が悪魔を求めれば破滅に繋がると、本能的にわかっているのだ。

「なるべく早く帰りたいでしょうから、単刀直入に聞きます。今回呼び出したのは『ノルテ』という国についての件です」

国の名を聞いた瞬間、サマエルの表情が変わった。早く帰りたいという表情が引き締まり、先を促すように彼は皇帝を見つめている。

「戦時中、ノルテでサマエルが諜報《ちょうほう》活動を行っていたそうですね」

「事実ですが、ノルテはすでに滅んだ国です」

「だからこそ、あなたにお聞きしたいのです。あの国の情報は、ほぼ残っていないので」

「そうするだけの理由が、何かおありなのですか？」

サマエルの言葉に、皇帝が小さく手を上げる。すると側にいた軍人が、不気味な本をサマエルとアモンの前に運んできた。

一見ただの古びた本だが、目にした途端二人は顔をしかめる。

目の前にあるのは『グリモア』と呼ばれる特別な魔導書だ。記されているのは、かつて人間たちが、悪魔を使役しようと試みた記録と、その方法である。

「ノルテの民を名乗る者たちが、こうした本を帝国領で売っているそうです。なんでも悪魔を呼び出せる本だとか」

「見分しても？」

アモンが尋ね、本を開いてみる。

中には有名な悪魔たちの名前と、彼らを呼び出す魔法が記されている。そのほとんどが拙《つたな》く、完全な使役を結ぶほどの効果はなさそうだった。だが魔法は悪魔を引き寄せるし、書かれた悪魔の絵や名前には覚えが多い。

そのほとんどはすでにサマエルが殺しているので問題ないとは思うが、これが出回るのは面倒かもしれない。

『本物ですか？』

そのとき、不意に頭の中で声がした。他人に悟られぬように、サマエルが魔法を使い心に直接言葉を送ってきたのだろう。ここで魔法を使うなと思ったが、そのことを悟れる者はいなそうなので渋々答える。

『本物だが、脅威になるほどではない』

『でも面倒ごとが起きそうだという顔だ』

『可能性は高い。ノルテのこと、教えてやったほうがいいだろうな』

アモンの言葉に、サマエルが皇帝の前に一歩進む。

「ノルテは、神ではなく悪魔を信仰する国でした。こうした本で悪魔を呼び寄せ、使役できると信じていたのです」

「実際、可能だったんですか？」

皇帝の問いかけに、サマエルは表向き肯定も否定もしなかった。

「定かではありませんが、可能だったという伝説は残っています。その技術の多くは失われましたが、ノルテの王族には今なお魔力と、悪魔を従える不思議な力があるという伝説が残っていました」

「ではサマエルが潜入した当時も、そのような儀式を？」

「行っていたようです。儀式に失敗したせいで王族は死に絶え、それをきっかけに国が滅亡したという噂《うわさ》です」

サマエルの言葉に、悪魔を信じぬ軍部の者たちは笑い出した。

皇帝も合わせて笑ってはいたが、彼の瞳はサマエルとアモンをじっと見つめている。

「本当なら恐ろしい話ですね。いったい、どんな悪魔の怒りを買ったんでしょう?」

冗談めかした言葉は、二人に対する問いかけだった。

それを見抜き、サマエルとアモンもまた笑う。そしてサマエルが、グリモアをそっと撫でた。

「あの国は独裁が続き、多くの民が苦しんでいました。もしかしたら、王族を殺したのは良い悪魔だったのかもしれませんよ?」

「そんな悪魔なら、呼び出してみたいものですが」

「やめておくべきでしょう。悪魔は気まぐれで残酷、力を求めればそれ相応の対価を要求されると聞きます」

サマエルの言葉に、皇帝はなるほどと頷く。

「ならば、悪魔を呼び出そうとする思想は、あまり良いとは言えませんね。この本は見つけ次第回収し、国民にも注意を促しておきましょう」

皇帝の言葉に、異論は出なかった。

「わざわざ呼び出したあげく、おとぎ話じみた内容で申し訳ありません」

そして皇帝は、サマエルとアモンに微笑む。

これで話は終わりだろうとほっとしたのもつかの間、皇帝が不意に問いを重ねた。

「そういえば、ノルテに潜入の際サマエルが子供を保護したという報告があったのですが、その子は今どこに？」

彼の一言で、サマエルの機嫌が明らかに悪くなる。察したアモンが咄嗟にまやかしの魔法をかけ、彼が笑顔を浮かべているように見せかけた。

そうせねばならないほど、サマエルの顔は苛立っていた。

「どこかの施設に預けてそれっきりですよ」

サマエルの代わりに、答えたのはアモンだった。

「引き取ったりはしなかったのですか？」

「それも考えましたが、サマエルには私の妹の世話を任せてしまっていましたからね。軍人上がりの男に、赤子二人の世話はさすがに無理だろうと思い施設に」

「その赤子はその後どうなりました？」

「帝国の属州で、平和に暮らしていると聞きます。よければ、ここにお連れしますか？」

「いいえ、気になったから尋ねただけなので」

皇帝は、今度は明確な退室許可を出す。

一礼した後、アモンはサマエルを引きずるように部屋を出た。

「お前、考えが顔に出すぎだ」

「……だってあの男、リリスのことを探ろうとしていました」

「リリスではなく、ノルテから連れてきた赤子について知りたがっただけだろう」

「でもそれは……」

サマエルの言葉を、アモンは鋭い眼差しで封じる。

皇帝の前でサマエルが取り乱したのは、リリスこそが話題に出た赤子だったからだ。

転生したリリスの出自は、とても複雑なのだ。そしてそれを隠すため、彼女はアモンの妹だと周りを信じ込ませている。

刷り込みは完璧で、綻《ほころ》ぶことなどあり得ない。だから落ち着けと肩を叩けば、サマエルはポケットからフォークを取り出して握り締めている。

「……とりあえず帰ろう。お前もう限界だろう」

「はい、リリスが足りないです」

「帰ったら、思う存分くっつけ」

「あとそうだ、お風呂に入らないと」

途端に顔がにやけるサマエルの単純さに、アモンは笑ってしまう。

(グリモアのことは気になるが、調査はこいつには任せられんな)

このぶんだと、サマエルは使い物にならない。

それに彼には邪念にとらわれず、リリスとの関係を進展させてほしかった。

フォークを握り締める親友を見つめながら、アモンはどうか面倒ごとが起きないようにと願う。平和を願うなど悪魔らしくないと思うが、平穏無事でいられるならあの神にさえ祈ってもいいとアモンは少なからず思っていた。

それほどまでに、親友の本性は恐ろしい。幼児用フォークを握り締めていても、それは変わらぬ事実なのだ。

第三章

　サマエルたちが帰宅した気配を察し、玄関へとやってきたリリスは扉を開けるなり逞しい腕に囚《とら》われた。

「ああ、あなたが恋しかった！」

「せ、せめておかえりくらい言わせてくれない？」

「それよりお風呂に行きましょう」

「まだ昼間よ!?」

　帰ってくるなりごほうびを要求するサマエルに、リリスは戸惑いつつもほっとする。

「お仕事、どうだったの？」

　どうせサマエルはろくな返事をしないとわかっているので、遅れて入ってきたアモンに視線を向ける。

「仕事と言うほどのことでもない、たわいない呼び出しだ」

「サマエルを呼び出すほどなのに？」

「人間は時に些細《ささい》な物事を大げさにとらえすぎる」

アモンの言葉が本当なら、サマエルたちが面倒ごとに巻き込まれたわけではないらしい。

胸を撫で下ろしつつ、縋りついてくる悪魔の背中を撫でていると、サマエルにひょいと身体を抱き上げられる。

「では行きましょうか」

「だから、お風呂の時間には早いわよ！　外も明るいし！」

「大丈夫です、もうすぐ雨が降るのですぐ暗くなります」

「暗くなればいいって問題じゃないでしょう」

「でも長く入りたいですし、そのためには今すぐにでも浴室に行かねば」

どれだけ入る気なのかと、リリスは呆れる。

（でもそういえば、子供の頃は三時間くらい入っていた気がする）

一緒にバスタブに入り、無邪気にブリキのオモチャで遊んだ記憶は鮮明に残っている。

前世の記憶があるとはいえ、幼い頃は子供の感性に引きずられるのでサマエルにオモチャを差し出されると拒めなかったのだ。

それにオモチャで無邪気に遊んでいるサマエルが可愛くて、あれはあれで楽しかった。

（いやでも、もう私も大人だし、さすがにオモチャで遊ぼうとしているわけじゃないわよね……）

と思っているうちに、気がつけばそこはもう浴室だ。

魔法で用意したのか、バスタブには湯が張られ見覚えのあるアヒルのオモチャが浮いている。

（これは、絶対遊ぼうとしているわね……）

もうちょっと大人っぽい展開になるかと思ったが、たぶんこれは違う。

失意の中でため息をこぼしていると、ようやくサマエルがリリスを下ろす。

「さあ、服を脱ぎましょうか」

「じ、自分でやるから、少しだけ外に出ていて」

「でも脱がせたいです」

「せ、世話を焼くのはお風呂に入ってから！」

リリスが告げると、サマエルは渋々引き下がる。そして彼は「三分だけ待ちます」と言って、浴室の外に出た。

（三分じゃ、髪も解《ほど》けないじゃない……！）

毎朝サマエルが丁寧《ていねい》に結ってくれる髪は、美しいが解くのに時間がかかる。むしろリリスの髪に触れる時間を少しでも延ばすために、複雑な結い方をしているのではと思わずにはいられないのだ。

仕方なく髪は諦め、ドレスを脱いで一刻も早くバスタブに入ってしまおうとリリスは決めた。

「あら……」

そのとき、服を置く台の上に見覚えのない小瓶が乗っていることに気がついた。

サマエルが用意したのだろうかと思って手に取ると、そこにはアモンの文字で書かれたメモが置いてある。

『サマエルと仲良くしたいなら、使え』

瓶を開けると、どうやらそれは薔薇《ばら》の香りのするバスジェルらしい。

もしかしたらアモンはサマエルがオモチャ遊びに興じるのを察し、少しでも大人のムードになるよう気遣ってくれたのかもしれない。

(同じ悪魔なのに、兄さんはサマエルの五倍は気が利くわ……)

さっそく使わせてもらおうと思いながら、リリスは小瓶を手にバスタブに向かう。

悪魔の魔法がかかったバスジェルなのか、お湯に入れて少し掻き混ぜただけで香りのいい泡がバスタブに満ちていく。それにうっとりしていると、きっかり三分経ったところでサマエルが意気揚々と入ってくる。

「あれ、その泡は？」

怪訝そうなサマエルに、リリスは咄嗟に小瓶をバスタブの下に転がす。なんだかんだ嫉妬深い彼のことだ、アモンからの贈り物だと言えば機嫌を損ねるに違いない。

「前に買った物なの。せっかくなら、使おうかなって」

「泡でお嬢様の身体がよく見えません」

「み、見なくていいの！」

「でもまあ、香りは悪くないですね」

思いのほか気に入ったようで、魔法で泡を消されることは免《まぬが》れそうだ。

それにほっとしていると、サマエルが腕まくりをしながらバスタブの側に膝をつく。

「あれ、脱がないの？」

「まずは、お嬢様を綺麗にしないといけませんから」

海綿スポンジを手にニコニコしているのを見て、少しだけがっかりする。

（久々に、サマエルの肌が見られると思ったのに……）

どちらかというと線が細く見えるサマエルだが、服の下の肉体もまた人間離れした美しさなのだ。しなやかで逞しい筋肉に覆われた胸板や腹部は巨匠が手がけた彫刻を思わせ、小さな頃はついうっとりしながら頬を寄せてしまったものである。

（でも身体に触りたいなんて、サマエルほどじゃないけど私も変なのかしら……）

少なくとも褒められたことではないのは確かだろう。

年頃の、それも未婚の女性が男の肌に触れたいなんて、はしたないとはわかっている。けれど前世の頃からサマエルにくっつくことが好きだったせいか、リリスは彼との触れ合いを望まずにはいられないのだ。

前世では身体を重ねられなかったが、もし重ねていればもっとはしたない女になっていた気がする。

かつての恐ろしい身体でさえリリスには魅力的に映っていたが、今のサマエルは本人の魅力に加え人間の欲望を誘う要素が多すぎる。

「がっかりした顔ですね？　もしかして、一緒にオモチャで遊びたかったですか？」

物思いに耽っていたリリスの顔を、サマエルが覗き込む。

美しい顔が迫るとどきっとしてしまい、彼女は慌てて泡の中に沈み込んだ。赤くなった顔の下半分を泡で隠しながら首を横に振ると、彼はリリスの腕を取り持ち上げる。

「ならばまずは身体を洗いましょう。そのあと、オモチャで遊びましょうね」

「それ、あなたが遊びたいだけでしょ」

「アヒルで遊ぶお嬢様は可愛いので、見ていたいんです」

ニコニコしながら、サマエルはリリスの腕を優しくスポンジで擦る。

リリスの身体を洗うとき、サマエルは執拗《しつよう》なまでの丁寧さを見せる。まず優しく肌を指でさすり、傷をつけないよう絶妙な加減で泡をつけたスポンジで磨いていくのだ。

（でもなんか、今日はいつにも増してしつこいような……）

丁寧なのは変わらないけれど、スポンジが肌を撫でるたびにくすぐったさに身悶《みもだ》えてしまう。

「ぅ……ん……」

こらえきれずに声までこぼれてしまい、リリスは真っ赤になって腕を引いた。

「痛かったですか？」

「いえ、くすぐったくて……」

「少し我慢してください」

「か、身体くらい自分で洗えるし……」

「だめです、今日は私が身体も頭も洗うと約束したでしょう」

断固とした言葉に、リリスは諦めるしかない。

仕方なく、気を紛らわせるためにリリスは空いているほうの手で結ったままの髪からピンを外し髪をほどき始める。

「……あっ……」

しかし腕を擦られると、どうしても声がこぼれてしまう。同時にゾクゾクとした甘い痺《しび》れが全身を駆け抜け、湯船にピンを落としてしまった。

「危ないので私が拾います」

ここでも過保護を発揮し、サマエルが湯船に手を入れる。

そして次の瞬間、リリスの身体がビクンと跳ねた。

「そ、そこ……違う……ッ」

ピンを取ろうとしたサマエルの指がリリスの太ももに触れたのだ。決していやらしい触り方ではなかったのに、腰が震え肌が粟立《あわだ》った。

（なんか、変……）

自分の身体が明らかにおかしいと思っていると、ピンを探り当てたサマエルと至近距離で視線が絡む。

そのとき、リリスはおかしいのが自分だけではないと気がついた。

「サマエル、目が……」

悪魔の紅い瞳は目立つからと、サマエルは普段目の色を翡翠《ひすい》色に変えている。近頃の彼は悪魔の姿をリリスに晒すのも嫌っているので、意味もなく悪魔の本性を見せることはなかった。けれどそれが、今は本来の色に戻っていた。

瞳孔は獣のように細くなっていたが、なぜか少し虚ろに見えた。

「いい、匂いがします……」

その上、言動も少しおかしい。リリスの匂いに興奮するのはいつものことだが、彼の声がこんなにも甘く震えたことはなかった。

「たぶん私じゃなくて、この泡の香りよ」

「いや、これは絶対にあなたです」

言いながら、サマエルはリリスの首筋に顔を寄せる。

彼の銀糸の髪が頬と鎖骨を撫で、こそばゆさに身悶える。すると首筋で甘い吐息がこぼれ、何かざらりとしたものが鎖骨を撫で上げた。

「やはり、あなただ」

甘さを増す声に驚くと、サマエルの瞳がリリスの視線を絡め取る。その途端、リリスの鼻孔を確かに不思議な香りがかすめた。

なんだか頭がぼんやりして、目の前のサマエルから目が逸らせなくなる。

「……私、いい匂いがするの？」

「ええ。むせかえるほど甘くて、喰らいつきたくなる」

「なら私のこと……食べてくれる？」

勝手に言葉がこぼれ、リリスはサマエルのほうへと顔を寄せる。

だが唇が触れ合う寸前で、サマエルがぐっと顔を逸らした。

彼は唖然とした顔で口を手で覆い、肩で大きく息をしている。

「待ってください……何か……何かがおかしい」

そのまま立ち上がろうとしたサマエルを見て、リリスは咄嗟に彼の腕を掴んだ。

「お願い、どこにも行かないで」

一人残される予感に寂しさが募り、リリスは懇願する。

「手を放してください。さもないと私は……」

「今、一人にされたくないの」

「ですが……」

「お願い、あなたは私の下僕でしょう！　今だけでいいから、我が儘を聞いて」

本当は下僕だなんて思っていない。でもその言葉を使わねば、サマエルが遠くに行ってしまう気がした。

「下僕だからこそ、適切な距離で接さねば……」

「ならここにいて、私をちゃんと見て」

ぎゅっと腕を引くと、サマエルはおずおずとバスタブの側に膝をつく。

もう一度視線が絡まると、彼の瞳が紅く輝く。

「……この距離は適切でない気がします」

「適切な距離って何？　お互い近くにいたいなら、そうしたっていいじゃない」

言いながら、傅くサマエルの首にリリスは腕を回す。

「こうするの、あなただって好きでしょう？」

「好きです。でも今は、触れてはいけない気がします」

「主人である私が望んでいるのに、離れてしまうの？」

「ずるい言い方はやめてください」

「ずるいのはサマエルよ。本当は、あなただってこうしていたいくせに」

ぎゅっと縋りつくと、おずおずとサマエルのほうからも身を寄せてくる。

「でも今日はだめなんです。……なぜだか、お嬢様を傷つけてしまう気がします」

「傷つけたっていいわ。傷ついても、サマエルの側にいられるほうがずっといい」

「躊躇いもなくそんなことを言えるなんて……あなたは、強いですね」

眩《まぶ》しいものを見るような顔で見つめられ、リリスは照れくささに頬を赤く染める。

恥じらう顔を見せた途端、サマエルが僅かに身を引く。また離れていくのかと不安になったが、彼はリリスの顔を改めて覗き込んだだけだった。

「ああだめだ、どうしてか今日は……我慢ができない……」

泣きそうな顔で言いながら、サマエルの顔が近付いてくる。

ゆっくりと目を閉じると、柔らかなものがリリスの唇に重なった。

（これって……）

うっすら目を開けると、服のままサマエルがバスタブに身を沈めていた。そしてリリスを抱き締め、唇を貪り始める。

唇へのキスは、転生して初めてのことだった。かつてとは違い、人の姿となったサマエルの唇は柔らかい。以前の固いキスも大好きだったけれど、今の口づけも悪くないと思いながらリリスは小さく口を開ける。

僅かな隙間はすぐさまサマエルの舌によってこじ開けられた。肉厚な舌がリリスの口内を弄り、艶めかしく犯し始める。

荒々しく性急な口づけを受けながら、リリスは彼の舌使いに翻弄され呼吸を乱した。舌を交えたキスは初めてで、リリスは舌の受け入れ方もわからない。

「ん……ぅン……」

「その甘い声も吐息も、貪り尽くしたい……」

キスの合間にこぼれた声は、飢えた獣の唸り声を思わせた。

そこに違和感を覚えて目を開けると、リリスに縋るサマエルの髪が鈍く輝いている。

人間から悪魔の姿に変わりつつある彼を見たとき、リリスは二人の肌に纏わりつく泡が不気味に光ったのを見た。

（もしかして、兄さんの贈り物のせい……？）

よくよく考えれば、今まで恋人らしい触れ合いをしてこなかったサマエルが、なんの前触れもなくリリスを求めるわけがない。

それに湯に身体を沈めてから、サマエルの口づけはより執拗になった。リリスの背中を撫でる手つきは、艶めかしさを増している。

もしかしたら悪魔に効く媚薬でも入っているのかもしれないと思い、リリスは慌てて身体を引いた。

唇が離れると、やはりサマエルの表情は普通ではない。

虚ろな目は熱情に染まり、唾液で濡れた唇からは悪魔の証《あかし》である鋭い牙が覗いている。

「リリス……」

そして彼は、長らく呼んでくれなかった名を口にした。

お嬢様と呼び、下僕になると宣言して以来一度も聞いていなかった名に、リリスの胸が甘く疼く。

「リリス、あなたの全てはまだ私のものですか?」

縋るように腕を回され、甘い懇願をサマエルはこぼす。

その顔を見た瞬間、リリスもサマエルの唇をそっと奪った。

久々のキスは拙かったけれど、触れるだけのキスを三度ほど重ねると、サマエルの笑みが深まる。

「もちろん、私はあなたのものよ」

リリスが答えれば、サマエルが幸せそうに微笑む。

「ならばあなたが欲しい。今度こそ、あなたとひとつになってみたい」

濡れて張り付いた銀糸の髪をかき上げ、美しい顔に妖艶《ようえん》な色香をたたえながら、サマエルがリリスを見つめる。

求められる喜びにリリスの胸は高鳴った。だが一方で、媚薬によって言わせたその言葉に応えてしまっていいものかと思わずにはいられない。

（サマエルは怒るかしら……）

それどころか、嫌いになったりしないだろうかと不安がよぎる。

「リリスは、私のものになるのは嫌ですか？」

しかし彼に尋ねられると、リリスは首を縦に振れない。

十八年待って、ようやく待望の瞬間が訪れたのだ。それにもしここで何もしなければ、サマエルはまたリリスに婚約者を宛てがおうとするかもしれない。

（たとえきっかけが媚薬でも、一度私を抱いたら手放したくなくなるかも……）

昔のように、恋人になりたいと思ってくれる可能性もある。だとしたら、このチャンスに賭けようとリリスは決めた。

正攻法でなくても、リリスはどうしてもサマエルともう一度恋がしたかった。

「私を、サマエルのものにして」

「ならば、私もあなたのものになりましょう」

口づけが再開され、同時にリリスのささやかな乳房をサマエルの手が覆う。

「ぁ……そこ……こすっちゃ……」

「嫌そうなふりはおやめなさい。声も身体も、可愛らしく弾んでいますよ？」

指先で乳房を捏《こ》ねられると、広がるのは愉悦《ゆえつ》に間違いなかった。

認めるのは恥ずかしかったが、サマエルに隠す意味はない気もする。

（サマエルには、隠しごとはできない気がする）

それを証明するように彼の指先がリリスの乳首を擦り、更なる愉悦を引き出し始める。

「そこ、ばっかり……」

「先端を、刺激されるのが好きなんですね」

「あっ……つまま、ないで……」

乳首を指でつままれ、すり潰すように弄《いじ》られると、泡にまみれた身体がビクビクと跳ねる。強弱をつけながらの愛撫《あいぶ》は執拗で、リリスの身体はだんだんと昂《たかぶ》っていく。

同時に、サマエルは滑《ぬめ》りを帯びたリリスの首筋に唇を寄せた。そのまま舌で舐《な》め上げられると、ゾクゾクとした快感が背筋を駆け上がった。

「甘くて、美味《おい》しい匂いがします」

「だめよ、ちゃんと……ッ……洗ってない……」

「なら、まずは綺麗にして差し上げましょう」

そう言うと、サマエルは二人の位置を入れ替え、背後から抱え込むようにリリスを抱き締める。それから彼は泡を手に取り、それをリリスの肩にすり込み始めた。

途端に肌が熱を持ち、リリスの呼吸が甘く乱れ始める。

もしかしたら媚薬の効果は、悪魔だけでなく人間にもあるのかもしれない。

肩を撫でていた手が乳房へと戻り、両方の胸をゆっくりと撫で回される。

ゆっくりと、しかし力強い手つきで胸を揉まれると、リリスの呼吸は更に乱れてしまう。

「やぁ、そこ、ばっかり……」

「綺麗にしてほしいのでしょう？」

「でももう、いっぱい……擦ったでしょう……」

「なら、ほかにどこを洗ってほしいのですか？」

リリスの欲望を刺激するように、サマエルは耳元でそっと囁く。その途端、リリスの腰の奥が僅かに疼いた気がした。

同時に腰がビクンと跳ねると、耳元でサマエルの満足げな笑みがこぼれる。

「リリスの身体は、素直で可愛いです」

乳房を撫でていた左手がゆっくりと湯に沈み、腹部を優しく撫で回す。

「もっと……」

「もっと下、ですか？」

質問に頷けば、サマエルの指先がリリスの下腹部を優しく覆った。

それだけで身体は期待に震え、リリスはサマエルにすり寄る。

「さあ、ねだってリリス。私にどうしてほしいんですか?」

「そ、そこ……」

「この下ですか?」

「ンッ……そこも……そこも洗って……ほしい……」

「もちろん、あなたの望みのままに」

従者らしい台詞《せりふ》に欲望を乗せて、サマエルの手がリリスの襞《ひだ》にゆっくりと指を這わせる。

湯の中なので感覚は少し鈍いが、彼の指先に女の証を触れられているのだと思うだけで、リリスは興奮してしまう。

「サマエル、もっと……」

「中を洗って差し上げても?」

「うん……はや、く……」

もはや洗うという行為を逸脱していたが、理性は媚薬によって消えていた。

気がつけば自分で股を広げ、リリスはサマエルが触れやすいように腰を突き出す。

「嬉しいです。本当はずっと、ここも洗って差し上げたかった」

耳を甘噛《あまが》みしながら、サマエルの中指がリリスの入り口をゆっくりと押し開く。

「んっ、身体が……っ……」

バスジェルで色づいた湯が指と共に中に入ると、全身が熱くなりリリスは喉を反らしな

がら身悶える。

「ずいぶんと、気持ちよさそうですね」

「いい……でも、溶けてしまいそう……」

「私もです。あなたが乱れる姿を見るだけで、いってしまいそうだ」

泡のついた手で乳房への愛撫も強めつつ、サマエルが甘く囁く。

「あ、サマエル……私……」

「達していいですよ。あなたのお世話は、私がちゃんとしますから」

水を跳ねさせながら、リリスの身体は快楽に溺《おぼ》れていく。

しかし恐怖はない。むしろサマエルの手で乱れる喜びに、彼女は染まりきっていた。

「ああ、サマエル……ッ」

「可愛いです。あなたが乱れる姿は、本当に可愛い」

リリスの中を掻き回しながら、サマエルの親指が彼女の花芽を強く刺激した。過敏になっていた淫芽を摘み取るように潰されると、凄まじい法悦《ほうえつ》がリリスに襲いかかる。

「ああああッ……‼」

途端に目の前が真っ白になり、リリスの身体が淫《みだ》らに震える。

初めての絶頂は、媚薬の効果もあり強烈だった。

むしろ強すぎる刺激に身も心もおかしくなり、リリスは泣きながら悲鳴にも似た嬌声《きょうせい》を上げ続ける。

「ああ、さすがにもう我慢できそうもない」

響くサマエルの声に応える余裕もなく、リリスはそこで一度意識を手放した。

しかし甘く淫らな触れ合いは、まだ始まったばかりだった。


「……あ……ン……」

どこからか聞こえてくる甘い嬌声に、リリスは飛ばしていた意識を取り戻す。

それが自分の声だと気づいたとき、リリスは愉悦と共に強い圧迫感を下腹部に覚える。

「ああ、だいぶ解れてきた……」

サマエルの恍惚《こうこつ》とした声が響き、リリスは重い頭をゆっくりと持ち上げる。

「サマ…エル……？」

「目が覚めましたか？」

名を呼ぶと、サマエルが何かをリリスの中から引き抜く。腰の奥が甘く疼き、リリスは身体を震わせた。

彼が引き抜いたのは指らしいと気づくと同時に、濡れたままのサマエルがリリスを覗き込む。

「ここは……」

「のぼせそうだったので、ベッドに運びました」

「だから、濡れてるの？」

「でもあなたの身体はちゃんと拭き清めましたよ」

気がつけば髪も解かれ、魔法を使ったのか毛先までちゃんと乾いている。

「サマエルは、濡れてる……」

「私はこのままでかまいません。もう、我慢ができそうもない」

そう言ってサマエルが濡れた衣服を脱ぎ捨てる。

途端にあの甘い香りが再び二人の間に漂い始め、リリスはクラリと目眩《めまい》を感じる。

久しぶりに見るサマエルの裸体は、欠片も色あせていなかった。薄暗い部屋の中、窓から差し込むほのかな光に照らされたその姿は、やはり天使のようだ。

けれどリリスを見つめる紅の眼差しは、飢えた獣を思わせる危険な色香に満ちている。

『あなたを、私のものに……』

そして彼の声は、いつもと少し響きが違った。魔法を使うときのように、声に僅かな魔力がこもり、それがリリスの身体を包み込んでいく。

全身から力が抜けていき、気がつけば指一本動かすことができない。

そのとき、不思議な力でリリスの身体が僅かに浮いた。それに合わせてサマエルが手招くように指を折ると、彼女の身体が勝手にサマエルの前で腰を突き出し、はしたなく股を開く。向かい合ったサマエルに恥部を晒す体勢は恥ずかしいが、震えることすら今のリリスには許されていない。

頭の天辺からつま先まで、サマエルに支配された身体は僅かな抵抗すら見せず、彼を受け入れる態勢を整え始めていた。

「……あぅ……」

触れられてもいないのに、リリスの中を太い何かが掻き回す感触がして、花弁の間からぐちゅりと蜜がこぼれ出す。

自らの変化に驚くが、不思議と恐怖は感じない。むしろ、どうせなら魔法ではなく直に触ってほしいなどと、淫らな考えばかりが頭に浮かぶ。

『あなたを楽にする魔法をかけただけです。もちろん、ちゃんと触れて差し上げますよ』

リリスの考えを読んだかのように、サマエルがリリスの上にゆっくりと身体を倒す。

それから彼は彼女の唇を荒々しく奪った。

「……ぅッ……ンッ……」

舌を絡め取られ、唾液を流し込みながらサマエルがリリスの口を蹂躙《じゅうりん》していく。

荒々しい舌使いに呼吸の仕方さえわからなくなるが、息苦しさよりも心地よさが勝ってしまいやめてほしいとは言えない。

に置かれている。
言いたくても、きっともう無理だろう。リリスの身体は、声帯までもサマエルの支配下

(もっと……もっと……)

物言わぬ口に代わり、リリスは心の中ではしたなく訴えかける。不思議と気持ちはサマエルに伝わるようで、彼は角度を変えながら更に激しく唇を貪った。
気がつけば胸への愛撫も再開され、赤く立ち上がった芽をサマエルの美しい指が捏ねる。痛みを感じない絶妙な強さでつままれると、リリスからこぼれる蜜がジワジワと量を増す。

「リリスは、胸が弱いのですね」

唇を離しながら、告げるサマエルの声は満足げだった。
それから彼は唇を乳房に寄せ、今度は舌先でリリスの頂きを甘く刺激する。

「あぁ……ッ、ンン――!」

嬌声を上げながら、リリスは胸への刺激だけで軽く達しかけた。サマエルの形のよい唇に含まれ、ちゅっと吸われるだけで得も言われぬ心地よさを感じてしまうのだ。
美しい悪魔が自分の胸に吸いついている姿はひどく官能的で、それを見ただけでリリスの身体は淫らな反応を示してしまう。

(サマエルが……私に触れて……喜んでくれてる……)

夢中になって乳房に食らいつく悪魔に興奮する自分は、もしかしたら異常なのかもしれ

ない。

そんな考えがちらりとよぎるが、恍惚とした表情を浮かべるサマエルを見ていると、自分のことなどどうでもよくなる。

(彼が求めてくれるなら、おかしくなってもいい……)

だってずっと、リリスはこうして触れてほしかったのだ。

転生してからずっと、サマエルはリリスと距離を置いていた。縋るように抱き締められても、彼女の全てを求めようとはしなかった。

けれど今の彼は、引いていた一線を完全に越えている。そしてリリスの全てを貪ろうとしている。

それが嬉しくて、リリスの目から一筋涙がこぼれる。

「サマ……エル……」

動かないはずの身体がほんの少しだけ自由になり、リリスは彼の名を呼びながら銀糸の髪をそっと撫でる。

それに気づいたサマエルが顔を上げ、唾液で濡れた唇を甘く歪めた。

「ああ、可愛い私の花嫁……」

恍惚とした声で言いながら、サマエルはリリスの手に顔をすり寄せる。転生前に見た姿と重なる動きに頬を緩ませると、サマエルの背後に黒い陽炎が見えた。

「あなたが欲しすぎて、人の姿を保つのも辛い」

「……好きな、姿で、いいのよ……？」

「ですが、今の私を見たらきっと、あなたは私を恐れてしまう。だから魔法が解ける前に、あなたと繋がりたい」

恐れることなんてきっとない。だって人の姿を保てなくなるほど自分に夢中なのだとわかると、リリスはたまらなく幸福なのだ。その気持ちを微笑みに乗せながら、リリスはサマエルを見つめた。

視線が絡まると、どちらからともなく唇が合わさる。

求め合うがまま舌を絡め、唾液をこぼしながら二人は淫行に耽った。

「サマエル、サマ…エル……」

彼が欲しいと懇願すると、はしたなく開いたままの陰部にサマエルの楔《くさび》が押し当てられる。人の形をしていても、それはとても大きくて猛々《たけだけ》しい。

彼の全てを収めるのは容易くないだろうと察したが、リリスに躊躇いはなかった。

「安心してください。苦痛は感じません」

魔法で痛みは取り除いたと微笑むサマエルを見て、リリスはほんの少しだけおかしくなる。

「なぜ、笑うんですか？」

「だって……ぜんぜん、悪魔っぽくない……」

悪魔は人の苦痛や恐怖心を好み、糧《かて》にすることさえある。なのにわざわざそれを遠ざけるなんて、どこまでも悪魔らしくない。

「私は、悪魔として壊れているんです」

でも……と、己の先端をリリスに埋め込みながら、彼は少し寂しげに笑う。

「あッ……ぐぅ……」

「人間にもなれない……だからあなたに触れてはいけないと……思っていたのに……」

「おお……きい……」

痛みはないが、あまりの圧迫感にリリスは身体を震わせる。

「交わってはいけないと、思っていたのに……止められない……」

ぐっと腰を穿《うが》たれ、リリスの中に楔がぬぷりと入り込む。破瓜《はか》の証がこぼれ、合わさった肌の間を赤い鮮血が伝った。

「これも、全て私のものだ……」

鮮血を拭い去り、サマエルは赤く濡れた指先を艶めかしく口に含んだ。怪しく光る瞳に見つめられるとそれだけで身体が燃えるように熱くなり、リリスは焦《こ》がれるように腕を伸ばす。

「なら、全部……私を、あげる……」

伸ばされた腕を掴み、サマエルが楔を乱暴に引き抜いた。だが完全に抜ける直前で、彼は再び腰を穿つ。

「あっ……ゃ……はげ……しい……」

痛みはないが、代わりに苦しいほどの愉悦がリリスを襲う。

最初の絶頂よりも強い法悦の兆《きざ》しを感じつつ、彼女はサマエルの名を呼び激しく喘《あえ》いだ。

「ああ、これが……人と交わるということか……」

恍惚とした表情でリリスを貫くサマエルは、悪魔でありながらもどこか神々しかった。

余裕のない表情を浮かべていてもなお、彼の美しさはまったく損なわれない。

「ああ、サマエル……もうッ、あああああ――!」

そんな男の腕に抱かれ、リリスは二度目の絶頂へと容易く追いあげられる。

四肢を痙攣《けいれん》させながら、リリスの隘路《あいろ》がサマエルのものをより強くくわえ込む。

「くっ、これは……」

リリスの中を抉りながら、サマエルは獣のように牙を剥く。同時にリリスの中に熱い精が放たれた。

人のものよりも多い愛液は止《と》め処《ど》なくて、あっという間に溢れてしまう。

「……ンッ」

そのとき、リリスは下腹部に精液とは別の熱を感じた。

絶頂で思考はまとまらなかったが、熱と共にサマエルが何かを注ぎ込んだような気がしたのだ。温かく、そして心地いいそれに目を細めると、リリスの側に、サマエルがぐったりと倒れ込んだ。

そのままゆっくりと抱き締められ、リリスは幸福の中で目を閉じる。

（このまま、ずっとサマエルの腕の中にいたい……）

そして目が覚めたとき、まだ彼が自分を恋人のように思っていてくれますようにと祈りながら、リリスは再び意識を手放したのだった。

穏やかな目覚めを迎えたかったのに、リリスの眠りを覚ましたのは窓を叩く激しい雨音だった。風も強いのか、雨が叩きつけると同時に窓枠が不気味に軋《きし》みを上げている。遠くからは雷の音まで聞こえてきて、なんて朝だと思わず顔をしかめた。

「……ん？」

しかし落ちかけた気持ちは、身体に縋りついた温もりによって急浮上する。

（この腕、サマエル……？）

恐る恐る身体をひねると、自分に縋りついて眠っているのはサマエルだ。子供のように身体を小さくしながら、リリスの胸に頬を寄せ彼は穏やかに眠っていた。

悪魔というより天使のような寝顔に、リリスは嬉しい悲鳴を上げそうになる。

（どうしよう、すごく可愛い……）

あどけなささえ感じる表情につい見入っていると、サマエルが僅かに身じろいだ。

「……お嬢様？」

瞼《まぶた》が開くと、彼の目は翡翠色へと戻っている。それに伴い元に戻ってしまった呼び方に少しがっかりするが、裸のリリスを見てもサマエルは取り乱すこともなくむしろ抱き締める腕に力を込める。

「いつもより、早起きですね」

「だってあの、せっかくの朝だし……」

「そうですね。今日は、とてもいい朝です」

穏やかな声はどことなく甘く、リリスの胸は期待に膨らんだ。

（これって、もしかしてついに関係が進展した……!?）

サマエルもついに彼氏の自覚が芽生えたのではと、リリスは目を輝かせる。

しかし次の瞬間、彼女は絶望に落ちることになる。

「それにしても、従属の魔法は心地がいい」

「ん？　じゅうぞく……？」

「お嬢様の身体を穢《けが》してはならないと我慢していましたが、身も心も下僕になるのはやはり最高です」

「ま、待って……？　下僕？　恋人じゃなくて？」

「私は永遠の従者。恋人になどなれるはずがないでしょう」

笑いながら言われた一言に、リリスの心が凍りつく。

「で、でも昨日は恋人みたいに扱ってくれたじゃない……！」

「記憶にございません」

「本気で言ってる!?」

裸なのも忘れて、リリスは毛布をはね除け飛び起きる。

そのとき、リリスは自分の身体に奇妙な痣《あざ》があることに気がついた。

おへその真下の辺り、下腹部にできたその痣は悪魔が使う魔法の刻印によく似ていた。

そしてサマエルの下腹部にも、同じものが見える。

「え、それ……何……」

「ですから、従属……言わば奴隷の証です。悪魔を従えることのできる魔法がかかっているんですよ」

「なによそれ!?　あなたがかけたの!?」

「はい、かけました」

「私、そんなの望んでないわ！」

「私が望みました」

いけしゃあしゃあと言って、サマエルはリリスに身体が冷えないようにと毛布を巻き付ける。その上からぎゅっと抱き締めてくる彼には無邪気さが戻り、昨晩の熱情は欠片も見えない。

「なぜお嬢様を押し倒してしまったのかはわかりませんが、ずっとかけたかった魔法なので結果的にはよかった」

「ねえ、従属の魔法って具体的にどんなものなの？　危ないものじゃないわよね？」

「お嬢様に危険はございませんからご安心を」

「じゃああなたは危険なの？」

「従属の魔法には、悪魔を強制的に支配下に置く力があります。主《あるじ》の命令には絶対服従で、命令に背けば命を削られ悪魔に苦痛をもたらします。あぁ、嬉しくてゾクゾクします！」

うっとりとしたその表情に、リリスはただただ混乱した。

「なに嬉しそうに言っているのよ！　そんな危ない魔法すぐ解きなさい！」

「この魔法は解けません。だから私は、一生お嬢様の下僕です」

うっとりとした顔で頬ずりしてくるサマエルに、リリスは泣きそうになる。

「やっと、恋人になれると思ったのに……」

「恋人より、下僕のほうがずっといいじゃないですか。なんでも命令できるし、私をこき使い、ボロ雑巾のように扱えるただ一人の主《あるじ》になれるんですよ?」

「そういうのは望んでないの!」

リリスはただ、対等な関係で恋をしたかったのだ。

(でも、魔法があったら無理。命令はできるけど、そんなの本当の恋人同士じゃない……)

リリスの言葉が絶対の命令になってしまうあげく、魔法が永遠に消えないのなら二度と恋人になれないのと同じだ。

それに何より、甘い一夜を過ごしてなおサマエルがリリスを恋人と思っていないという事実に、彼女は完全に打ちのめされていた。

(たぶん、魔法をかけられたのは射精されたときだ……。あの瞬間さえ、サマエルは私の恋人じゃなくて下僕になりたかったんだ)

そう思うとあまりに悲しくて、気がつけばリリスの目から涙がこぼれ出す。

「お、お嬢様……!?」

涙を見て、サマエルがいまさらのように慌て出す。

しかしたぶん、彼はリリスが悲しんでいる本当の理由がわかっていない。一生、わからないのかもしれない。

そう思うと腹が立って、あなたなんて大っ嫌いだと言ってやりたくなる。

でも強い怒りに支配されてもなお、彼を否定する言葉は口から出てこない。

それだけ、リリスの中にあるサマエルへの好意は大きすぎるのだ。

なんでこんな奴を好きなのかと思わなくもないが、彼と出会い共に過ごした時間はリリスにとって幸福すぎた。

だって彼は、リリスに全てをくれる。愛以外の全てを惜しみなく分け与え、逆にリリスが与える全てに喜びを感じてくれる。

下僕になれたことさえ幸せだと主張するのはどうかと思うが、こんなにもまっすぐな愛情を向けられ続けて、嫌いになれるわけがない。

「お願いです、何か言ってください。辛いのですか？　もしや身体が痛むのですか!?」

「サマエル……」

「なんですか？　私に、何かできることはありますか？」

涙を見て慌てる悪魔を、リリスはきつく睨《にら》む。

(ああだめだ。殴ってやりたいけど、それだけじゃ私はやっぱり満足できない)

だからリリスはサマエルの顎を摑み、その唇を乱暴に奪う。

口づけを予想していなかったのか、サマエルは戸惑い固まっていた。

「今のあなたにできることはないわ。……そして私も何も望まない」

貪るように口づけた後、リリスは彼の身体を突き飛ばす。

「お、お嬢様……？」

「私、今日からあなたには何も命令しないから」

「ど、どうして？」

「その理由がわかるまでは、絶対にしないから」

毛布を身体に巻き付け、リリスはベッドを下りる。そこでサマエルを振り返り、唖然とする顔をリリスはもう一度睨んだ。

「私は、主従関係なんてぜったい認めないから！」

叩きつけた言葉は、リリスにとって新たな決意でもあった。

(あなたが勝手にするなら私も勝手にするわ！　絶対、下僕だなんて思ってやらないんだから！)

そんな気持ちで、リリスは颯爽《さっそう》と部屋を出たのだった。

第四章

サマエルは、生まれたときからどこか歪な存在だった。

汚れのない清く美しい存在を欲した神が彼を作ったときでさえ、創造主はでき上がった彼を見つめ「美しいが歪な失敗作だ」と口にした。

しかしサマエル自身は、自分のどこが歪なのかさえ理解できない。

そもそも彼は、空っぽだった。穢れを持たず、ただ美しさと清らかさを固めて作られた彼は、ほかの天使と違いどこまでも空虚だった。

汚れがないとは、何も持たないことの裏返しだ。感情も、望みも、何もなく虚ろであることで、彼は神の望む穢れなき存在でいられたのだ。

しかし悪魔に堕ちると、彼の美しさは消え去りその姿はいびつに歪んだ。向けられる憎悪と恐怖の感情がサマエルを穢し、空っぽな心に少しずつ残酷な感情が積もり始めた。

それでもなお「穢れなく清らかであれ」という神の意志が働き、ほかの悪魔のような愚行に走らずにすんだけれど、そもそも清らかとはどういうものかも、サマエル自身はまだ理解していなかった。

——彼がリリスと出会ったのは、そんなときだ。

彼女の歌声を聞いた瞬間、胸のうちに巣くい始めていた残酷な感情が消えていくのを感じた。心が晴れやかになり、神と暮らしていたときのような幸せな気持ちを久々に感じたのだ。

サマエルは、リリスこそ神が望んだ清らかな存在なのだと思った。彼女の側にいれば、あるべき自分の姿を見つけられるような気がした。

だから彼はリリスを求めた。彼女の全てを知りたいと願い、その全てを自分に取り込みたいと思った。

でもリリスを求めれば求めるほど、サマエルは清らかさとは遠ざかり始めた。

彼女に触れたい気持ちは独占欲に変わり、求める気持ちは破壊の衝動を生んだ。

美しく清らかなリリスが欲しいのに、悪魔に堕ちた心は彼女が苦しみ悲鳴を上げる姿を望む。

神が人間を愛したように、愛と慈悲だけを持って接したい。

そう思っているのにサマエルはそれができない。

死という別離が強制的に二人を引き離すまで、サマエルは歪なまま彼女を愛し執着することしかできなかった。

でもそれが間違っていたと、サマエルは気づいた。そして気づきのきっかけは、あまりに残酷だった。

息絶えたリリスを見た瞬間、彼はあまりにも醜い欲望を抱いてしまった。そこでサマエルは自分の愚かさと歪さにようやく気づけたのだ。

ただでさえ歪なサマエルは、愛することでより歪になる。

欠《か》けた器には欠けた感情しかはまらないのだと、リリスの死をもってサマエルは気づいたのだ。

だからサマエルは歪な自分らしく生きようと決めた。

サマエルは人間にはなれない。悪魔にもなれない。

故に純粋な愛は重すぎるし、リリスを傷つける刃になりかねない。だから純粋さは捨て、歪で、重い愛情だけを抱えてリリスに接しようと決めたのだ。

その結果、一番しっくりきたのが『従僕』という存在だった。

彼女を愛し、尽くし、支える関係でありながら、心を歪にする性愛は持たない。

そんな関係ならば、サマエルはリリスを愛し続けることができる気がしたのだ。

実際この十七年間はうまくいっている気がした。リリスも幸せそうだったし、サマエルも幸せだった。

それでも何か大事なものが欠けている気がしたが、欠けているのはいつものことなので普通なのだと思っていた。

（でも私は、何か大きな間違いを犯していたのかもしれない）

泣きながら部屋を出て行ったリリスを見たとき、サマエルはようやくそれに気がついた。

もちろん追いかけたが、リリスはいつになく頑なだった。

言葉通りサマエルに命令することはなく、ささやかなお願いもしてくれない。

料理を作っても食べてくれないし、贈り物を差し出しても見向きもしない。

声をかけても返事は短く、微笑みさえ浮かべない彼女を見て、サマエルはようやく自分が取り返しのつかない間違いを犯したとわかったのだ。

間違いを正すことを、リリスは望んでいる気がした。その望みを叶えなければ、リリスを失うような不安さえ覚えた。

しかしサマエルは、何が間違っているのかがまったく理解できない。

わからないまま三日ほど過ぎてしまい、途方に暮れていた。

「天使様、聖女様と喧嘩した？」

リリスのお供でいつもの孤児院まで食事を運んだとき、サマエルは子供たちからそう尋ねられた。

端から見ると、二人は喧嘩をしているように見えるらしい。

「喧嘩……なのかもしれません」

「ならごめんなさい、したほうがいいよ」

「謝ったのですが、許してもらえないのです」

子供たちの中心で膝を抱え、サマエルは項垂れる。ものすごく情けない有様だが、藁《わら》にも縋りたい気持ちのサマエルは子供たちにおずおずと声をかける。

「間違いを正したいのに、その方法がどうしてもわからない」

サマエルの問いかけは子供たちには難しかったようで、適切な回答はない。それでも「元気出しなよ」と四方から頭を撫でられると、ちょっとだけ気分はマシになる。

そんなとき、一人の少年があっと声を上げた。

「そうだ、特別なご本を天使様にあげるね！」

「ご本？」

「この前、聖女様のシエンシャって人がなんでもお願いを叶えてくれる本をくれたの！」

少年が言っているのは資金援助をしてくれる支援者のことだろうかと考えていると、少年が子供の手には大きな本を抱えて戻ってくる。それを見た途端、サマエルの表情が強張った。少年が手にしていたのは、以前皇帝に見せられたのと同じ、悪魔を呼び出すグリモアだったのだ。

「これをどこで！」

思わず声を荒げると、子供の顔が泣きそうに歪む。

「お、おにいさんが……くれた……」

「どんな人ですか？」

「お、覚えてない……。でも聖女様の……仲間だって……。なんとか、教団って言ってた」

泣きそうになるのを必死にこらえながら教えてくれた子供に、サマエルは慌てて怒気《どき》を収めて頭を撫でてやる。

ここで子供を泣かせたら余計にリリスに嫌われる。そう思い笑顔を作ると、サマエルは子供から本をもらう。

もし魔力を持つ子供が呪文を唱えれば、悪魔が現れる可能性はあるので回収したほうがいいだろう。もし修道院に何かあれば絶対にリリスは悲しむから。

(それにしても、支援者とはいったい誰だ……)

リリスが慈善事業を始めてから現在までに、五十人近い支援者が活動を支えてくれている。当初、リリスが行っていた活動は貧しい人々への食事の手配が主だったが、「せっかくならもっと人に役立つことがしたい」という彼女の願いを叶えるため、サマエルが事業を興《おこ》し活動が拡大するようにしたのだ。それが評判になると、手伝いたいと言い出す暇な貴族たちが支援者として名乗り出てき始めたのだ。

リリスと彼女の活動に害のありそうな者は除外しているが、協力を申し出る人は後を絶たない。

そして何かしらの理由で断っても、聖女と呼ばれるリリスと繋がりを持ちたいのか、彼女の支援者を名乗り物品を寄付している者もいる。

そうした中に、どうやらろくでもない者が紛れ込んでいたようだ。

（ただでさえリリスのことで手一杯なのに、更に頭が痛い……）

だが近いうちに、調べたほうがいいだろう。

グリモアとそれを配布する者たちの存在は、皇帝の耳にも入っている。快く思われていないのは確かだし、規模が大きくなれば大々的に排除しようという動きも出てくるはずだ。

そうなったとき、聖女の名を出されることでリリスと彼女の活動にまで影響が出るのは避けたい。

（純粋な善意から人々に奉仕しているのに、それを利用するなんて許せない）

見つけたらただではおかないと考えるうちに、また浮かない顔になっていたのだろう。

グリモアを差し出してきた少年が、不安そうにサマエルを見つめる。

「それで……悪魔を呼び出せば、仲直りできる？」

少年におずおずと尋ねられ、サマエルは慌てて笑顔を取り戻す。

「わかりません が試してみます。でもこの本は誰にでも使えるものではありませんので、ほかにも持っている人がいたら渡してください。あともしまたその教団の人間が来たら、教えてもらえますか？」

サマエルの言葉に、少年は頷く。

それにほっとしつつ、サマエルは本を眺める。

(悪魔が願いを叶えてくれる……か)

馬鹿馬鹿しいと思う反面、それに縋る気持ちが今のサマエルには少しわかる。

自分がもし人間だったら悪魔にリリスとのことを相談しているかもしれない。

(……いや待て、私には呼び出さずとも頼りになる悪魔がいるじゃないか)

本を手に、サマエルはようやく見えた活路にぱっと表情を明るくする。

それを見た子供たちが「天使様が元気になった」と騒ぐ。それに気づいたリリスが離れたところでぎょっとしていたが、サマエルはそれに気づかぬままグリモアをぎゅっと抱き締めていた。

そしてその夜、サマエルはさっそく頼りになる悪魔——アモンの部屋に押しかけていた。

「アモン、私の間違いを教えてください！」

「教えるも何も、お前はやることなすこと全部間違っているだろ。むしろお前が正しいことをしているときのほうが少ない」

サマエルが必死に訴えたのに、アモンは手にしていた新聞から顔も上げずに言い放つ。

「真面目に聞いてください。リリスが……」

「相手にされてないんだろう？　この数日見ていたから知っている」

もっと早く相談されるかと思ったと、アモンは呆れた声で言った。

「私は、どうすればいいですか？」

「俺に聞かず自分で考えろ」

「考えに考えて、それでもわからないから助けを求めにきたんです」

サマエルだって、自分で考えて答えを導き出すべきだとは思っている。でもどれほど考えても、答えがわからないのだ。

「自分が、何か間違えたことだけはわかるんですが……」

「まあ、それに気づけただけお前にしちゃ進歩か」

「……私は、リリスを怒らせました。もしかしたら傷つけたのかも」

項垂れるサマエルに、アモンは仕方がないという顔で新聞をたたむ。

それから大きなため息をこぼし、そこに座れと自分の側を指さした。

言われるがままアモンの足下に座すと、彼は厳しい眼差しをサマエルへと向ける。

「端的に言う。お前はリリスを幸せにしようとして、自分を蔑《ないがし》ろにしすぎだ」

「そんなことはありません。リリスの幸せは、私の幸せです」

「そもそもリリスの幸せがどんなものか、お前わかっているのか？」

「はい、平穏無事な生活です。快適な衣食住と、贅沢ができるお金と、悪魔に脅かされない日常と――」

「待て待て待て！　お前、それ本気で言っているのか？」

サマエルの言葉を遮り、アモンが呆れ果てた声を出す。

「はい。人間の幸せは三大欲求に紐付くと言いますし、それを完璧かつ快適に叶えることこそ幸せなのでしょう？」

サマエルの回答に、アモンはうんざりした顔でため息をこぼした。

「まず、そこが間違っている。そもそもその知識どこで得た」

「二百年ほど前に読んだ、『人間の生き方――さあ、あなたも幸せになりましょう』という本です」

「あの中身のない本か……。どうりで余計に拗れるわけだ」

ため息を重ね、アモンは頭の痛みを解すようにこめかみを手で押さえた。

「そもそも、幸せってのは人によって違うんだよ。もちろんお前が口にした三つも重要だが、そのほかにも人間それぞれに幸せの定義がある」

「じゃあ、リリスにも……」

「ある。そしてそれを見つけ、叶えてやることこそお前がすべきことだ」

アモンの言葉は、サマエルにとって初めて知る事実だった。

(そうか、私が考える幸せとリリスが願う幸せは別物なのか……)

リリスはサマエルのやることに時々いい顔をしない。機嫌が悪いだけかと思っていたが、もしかしたら自分が見当違いの幸せを押しつけていたからかもしれないと、ここに来てようやく彼は気づく。

「望まない幸せは、人を不快にしたりしますか？」

「する。逆にお前が不幸だと考え遠慮していたことが、相手の幸福である可能性だってあるんだ」

「……難しいですね」

「人を幸せにするのは難儀だ。不幸にするよりもずっと難しい」

「悪魔には難しいですか？」

「容易くはない。人間同士でも、他者を幸せにしたいと願い行動することは簡単ではないしな」

その結果、世界は長い戦争を続けてきたのだと、アモンはサマエルに告げた。

「だが難儀だからこそ、掴んだ幸せとはかけがえのないものなんだ。お前が望む永遠も、摑んだ幸せの先に待っているだろう」

「では、リリスの望む幸せを見つければ、私は彼女に永遠の幸福を与えられますか？」

「見つけた後も努力は必要だろうが、リリスは喜ぶだろう」

アモンの言葉に、サマエルはぐっと拳《こぶし》を握る。

「私は彼女の幸せを見つけたい」

「ならば既成概念を捨てろ。お前の常識は概《おおむ》ね間違っていると肝に銘じ、リリスの言葉に耳をちゃんと傾けろ」

お前は人の話をまるで聞いていないと、アモンがバッサリ切り捨てる。

「私は、耳を傾けていないですか？」

「ああ、お前はぜんぜん人の話を聞かん。リリスはわかりやすく自分の幸せを示していたし、嫌なことは嫌だと言っていたのに気づいてないのがその証拠だ」

「嫌なことは嫌と……」

そう思って昨今のやりとりを思い出したとき、サマエルはようやく気がついた。

「ああ、やはり私は大変なことをしでかしてしまったかもしれない」

「何をした」

尋ねられると同時に、サマエルは魔法で服を消し去りアモンに縋りついた。

「おい、なぜ全裸になる。それもリリスが嫌がることだろ！」

「これを消す方法を教えてほしいのです！　私は、取り返しのつかないことをしました」

そう言ってアモンの顔の前に『従属の魔法』の証を突きつけると、下腹部を晒すなと無理やり押しのけられる。だがサマエルは無視した。

「下僕として尽くすのがお互いのためだと誤解し、彼女と自分に魔法をかけてしまったんです。でもこれは、自分ではどうやっても解けない」

「わかったから身体を押しつけてくるな！　とりあえず見てやるから！」

もう一度床に座らされ、アモンが渋々悪魔の瞳でサマエルの身体を見分する。

「絆の魔法か」

「永遠の下僕になりたくて『従属の魔法』をかけました」

「従属？　でもこれは……」

アモンは何か言いかけたが、不意に口をつぐむ。そのまましばし魔法の刻印を眺めた後、彼はため息を重ねた。

「俺でも解くのは難しいな」

「……では、私はリリスを幸せにできないのでしょうか」

「結論を急ぐな。どんな魔法でも発動させなければ、ないのと同じだ」

言いながら、アモンは魔法でサマエルに服を着せる。かつては全裸でも気にも留めなかったが、リリスに言われて服を着るようになったことでアモンは感覚が人に近付いているのだろう。

二度と俺の前に股間を晒すなと念押ししてから、彼はサマエルをじっと見つめる。

「そもそもリリスはお前を下僕にすることを望んでいない。なら魔法自体が発動すること
はないだろう」

確かに、従属の魔法は人間が悪魔に命令を実行させるためのものだ。言うことを聞かな
い悪魔を服従させ、無理やり命令に従わせることが目的なので、そもそも下僕体質なサマ
エルにはないも同じだし、リリスも発動させようとは思わないだろう。

そもそも従属の魔法は悪魔側からかけることはほぼない魔法である。サマエルはリリス
と永遠の絆を結びたくて使ってしまったが、本来悪魔は縛られることを嫌がる。

主に独占され、命令され、可能な限り縛りつけられたいと願う悪魔なんてサマエルくら
いなものだ。

「だからお前は、その下僕根性を叩き直せ。そしてリリスが望むものを見つけろ」

「下僕をやめたら、リリスの側にいる意味がなくなってしまいます」

「そこがそもそも間違ってる。お前ら、主従とは別の関係を結ぼうとしただろう」

アモンの言葉に、サマエルはかつてリリスに指輪を贈ったときのことを思い出す。

あのとき、サマエルが築こうとしたのは人間が『夫婦』と呼ぶ関係だった。当時は男女
がひとつになるにはそれしかないと思っていたし、とてもしっくりきたのだ。

けれど今、サマエルには夫婦になることに迷いがある。

長い年月を生きて、サマエルは以前より悪魔としての性質を強めている。そんな自分が彼女を妻に迎えれば、愛おしい気持ちが更に重く歪んだものになってしまう気がしてならないのだ。サマエルとてそのような関係を望んでいないわけではないが、正しい夫婦の形を築ける自信がない。

「お前の懸念はわかる。俺も人間の女を愛したし、それを後悔することのほうが多い」

葛藤を見透かしたように、アモンがふっと自嘲の笑みをこぼす。

「だが悪魔というのは、どうやら柄にもなく一途なようだ。どのみち想いを手放せないなら、惚れた女の身体と心を壊さないようにするしかない」

「でも自信がないんです」

「ならリリスは手放すんだな」

「それこそ絶対に無理です！」

「なら腹をくくれ。手放すか愛し方を変えるか、二つにひとつだぞ」

アモンの言葉に、サマエルは二つの選択肢を比べてみる。

しかし深く考えるまでもなく、彼にとってリリスとの別離は耐え難い。彼女を失ってからの三百年は、あまりに長く辛かった。自分を見失いそうになるほど、辛かったのだ。

再会できると信じてはいたが、一人の時間は心臓を抉り出されたときよりもずっと苦しく、次はきっと耐えられない。

「リリスの望みを見つけます。そして下僕根性も、頑張って直します」

「なら手を貸してやる」

「いいんですか？」

「お前は色々ずれすぎているからな……。努力が空回りしないよう監視もいるだろう」

言いながら、アモンはサマエルににやりと笑いかける。

親友が味方についてくれることにほっとしつつも、サマエルは彼に甘えすぎないようにせねばと決意する。

（私自身がリリスの望みを知り、叶えねばきっと彼女は私を許してはくれまい）

だからなんとしても、彼女の望みを見つけねばとサマエルはやる気を漲《みなぎ》らせたのだった。

◇◇◇　◇◇◇

サマエルの様子が、明らかにおかしい。

もともと普段から奇行が多い彼だが、ここ数日は更におかしいとリリスは気づき若干怯えていた。

（どうしよう、さすがにちょっと冷たくしすぎたかしら……）

従属の魔法をかけられて以来、リリスはサマエルのことを徹底的に無視していた。傅く彼から距離を置き、自分に下僕は必要ないのだと今度こそ教え込まねばと思ったからだ。

捨てられた子犬のような目で見つめられるたび良心が咎めたが、さすがに今回のことを「サマエルだから仕方がない」と流すことはできなかった。

とはいえその結果サマエルが取った行動は、リリスにとって少々予想外のものであった。

今も彼女は図書室で本を読んでいるのだが、その真横に座ったサマエルはただただじぃっとリリスを眺めているのである。

不機嫌であるとか、悲しんで見ているというわけではなく、ただ無言で、じぃっと見ているのである。

「ねえ、何しているの……？」

「観察です」

「か、観察……？」

耐えかねてリリスが尋ねると、サマエルは瞬《またた》きさえせぬまま告げる。

「はい、色々と知りたいことがあるので」

「そ、そう……」

「なので、私のことはお気になさらず」

「むちゃ言わないでよ……」

サマエルの距離はとにかく近いのだ。何を観察しているのかは知らないが、身体だけでなく顔の距離もとにかく近い。

横を向いてちょっと首を傾ければ、口づけさえできそうな距離に彼の顔がある。

（なにこれ、拷問なの!?　綺麗な顔が真横にあるとか、さすがに耐えきれないんだけど!?）

何かしらの嫌がらせかとさえ思える距離に、リリスは平静を保つのに必死だ。サマエルのことだから言葉通り「観察」をしているのだろうけれど、この一週間自分から彼を避け続けてしまった手前、何を観察しているのかと問い質《ただ》しにくい。

仕方なく本に目を落としてみるが、もちろん内容は頭に入ってこなかった。

（だめだ、沈黙してると余計に気になる……）

もうここは冷たくするのはやめよう。これ以上はこちらの身が保たないと悟り、リリスは本を閉じる。

だがいざ話そうとすると、今度は言葉が出てこない。

思えば、こんなにも長くサマエルと口をきかなかったのは初めてだ。

それにこんなに至近距離にいると彼と抱き合った夜のことが頭をよぎり、いまさらのようにドキドキしてきてしまう。

「可愛い」

その上、突然サマエルがそんなことを言い出すものだから、リリスは真っ赤になってしまう。

「と、突然何を言うのよ」

「急に赤くなったのが可愛くてつい」

「……お、お世辞はいらないから」

「お世辞ではありません。恥じらうリリスは可愛いです」

不意打ちで名前を呼ばれ、リリスは恥ずかしさと共に僅かな喜びを感じてしまう。

うっかりにやけそうになる顔を引き結んだとき、サマエルの目が突然輝き出す。

「今、喜びました？」

「よ、喜んでない」

「いえ、今のは喜んだ顔です。よかった、ようやく見つけた！」

何を見つけたのかと問うより早く、サマエルが赤くなった頬を優しく撫でる。

「リリスは、可愛いです」

「だからなんで突然!?」

「こうすると、あなたが喜んでくれるので」

嬉しそうに微笑み、サマエルはもう一度「可愛い」と繰り返す。

その声はいつになく甘く、リリスは危うく悲鳴を上げかけた。

耐え切れないとばかりに席を立とうとしたが、腰を浮かせる間もなくサマエルに抱え込まれ、耳元に唇を寄せられる。

「リリス、逃げないで聞いて」

「に、逃げたくもなるわよ！　こんな突然、褒められたら照れてしまうわ」

「でも可愛いという言葉は何万回も言ってきたでしょう」

「でもそんな、甘い声で言うから」

「甘い声が好きなのですね。なるほど」

「何を納得してるの!?　そもそも、甘い声なんて私……」

「リリス」

好きじゃないという言葉は紡げなかった。腰が砕《くだ》けそうな囁きが、彼女の耳朶《じだ》をくすぐったからである。

「逃げないでください。私はあなたを喜ばせたいだけだ」

「べ、別に喜ばせなくていいから！」

「だめです。私は、あなたの望みを叶えたい」

「無視しすぎて、おかしくなっちゃったの!?　わ、私の世話を焼きたいなら焼いてもいいから、とにかく離れて！」

「世話は焼きたいですが、あなたはそれを望んではいないでしょう？　私は、リリスが本当に喜ぶことをしたい」

　まさか断られるとは思わず、リリスは更に動揺する。

「それって、あの、下僕はもうやめるってこと？」

「はい、あなたがそれを望むなら」

「あ、頭でも打ったの？」

「いえ、打ってはいませんよ？」

「じゃあなんで」

「リリスを幸せにしたいからです」

　彼の言葉はその場しのぎの嘘や誤魔化しの言葉ではなさそうだった。

（もしかして、私の想いがついに届いたの……？）

　期待を抱くが、リリスはすぐに冷静になる。

（いやでも、そう思って裏切られ続けたのを忘れちゃだめよね）

　なにせ相手はサマエルなのだ。リリスの期待とは真逆の暴走を始めかねない。

　だから心を落ち着かせ、冷静にサマエルの動向を窺う。

「ずっとリリスを見ていたのも、あなたの望みを知ろうと思ったからです」

「それなら普通に聞けばいいじゃない」

「でも、自分で知って実行できなければ意味はないかと」

あのサマエルがそこまでちゃんと考えたのかと、リリスはものすごい衝撃を受けた。

嬉しくもなるが、まだ喜ぶ時ではないと慌てて気を引き締める。

「別に、言われてやってもいいと思うわよ。変な勘違いをして、望みと真逆のことをやる可能性だってあるし」

「確かに、それはそうですね」

今気づいたという顔をして、サマエルは更に身を乗り出してくる。

「ならリリスの望みを教えていただけますか？」

「望みって、改めて言われても意外と浮かばないかも……」

下手なことを口にすれば、また下僕なサマエルに戻ってしまいそうで、余計に難しい。

「どんな些細なことでもかまいませんよ。いくつか言っていただけたら、そこから自分で考え行動しますので」

いつになくやる気に満ち溢れたその顔を見ていたら、リリスの胸にひとつの願いがポンと生まれる。

「な、なら一緒に出かけたい……」

「それは、炊き出しや病院の慰問に一緒に行きたいという意味ですか？」

「じ、慈善活動じゃなくて、デートがしたいなって……」

口からこぼれた願いに、リリス自身が一番驚く。

（いや、さすがにこれは無理よ。サマエル、恋人らしいことは頑なにしてくれなかったし）

微妙な空気になるだけだと思い、リリスは誤魔化しの言葉を必死で探す。

「わかりました。デートをしましょう」

「へ？」

しかしサマエルが真顔で頷いていた。

その顔は、相も変わらずやる気に満ち溢れていた。

「デートの詳細は、私が考えてもよろしいですか？」

「い、いいけど」

「ならば、完璧なデートをご提供いたしましょう」

力強い口調に不安を感じたものの、やっぱりやめると言う間もなく彼はものすごい勢いで部屋を出て行く。

「どうしよう、激しく不安なのにちょっと嬉しい……」

残されたリリスは単純な自分に呆れながらも、にやけてしまう顔を直すことができなかった。

サマエルの行動は、リリスが引くほど早かった。

「デートをいたしましょう」

そう言って彼がリリスの前に現れたのは、二日後の早朝のことである。

甘い声で名前を囁かれながら、揺り起こされた時点でリリスは悲鳴を上げかけたが、側に立つサマエルを見て彼女は更に息を呑んだ。

「その格好、どうしたの？」

下僕らしさを求めるサマエルは、軍からの呼び出しがない限り執事が纏う燕尾《えんび》服を着用している。朝も夜も昼も、出かけるときでさえ脱がないという徹底ぶりだった。

なのに今の彼は、仕立てのいいスーツに身を包み髪の整え方もきっちりしすぎず、緩く流している。

サマエルの美貌を完璧に引き立たせる装いに、寝起きのリリスが動揺しないわけがない。

「デートのために身支度をしたのですが、だめでしたか？」

「む、むしろすごくカッコいい」

「ありがとうございます。では今度は、あなたを美しく飾りましょう」

そう言って、寝起きでボサボサになった髪をサマエルが撫でる。

「下僕のように纏わりつかれるのは嫌かもしれませんが、身支度を調えるお手伝いだけはさせていただけますか？　使用人を別に雇うのも考えたのですが、この美しい髪をほかの人に触らせるのはどうしても我慢できなくて」

「それはかまわないけど……」

「よかった。では、身支度をさせていただきますね」

ウキウキのサマエルの手によって、リリスはあれよあれよという間に美しく飾り立てられる。

今日のために用意したのだという、碧《みどり》色の外出用のドレスに身を包み、髪を美しく結い上げていると、リリスの心はどうやっても浮き足立ってしまう。

（いやでも、過度な期待はだめ。絶対だめ）

などと言い聞かせたが、髪をとかす手つきさえどこか甘い気がして、どうやっても期待に胸が膨らんでしまうのだ。

にやけてしまうことだけはかろうじてこらえ、身支度を調え家を出るとサマエルの愛車が玄関に停まっていた。

「車っていうことは、どこか遠くに行くの？」

「ええ、マルリブの軍港祭へ」

「それ、軍のお祭りよね？　私が行ってもいいの？」

安全上の心配があるからと、サマエルは人混みにリリスを出したがらない。その上軍人は野蛮で手が早いからと、軍関係の施設や祭りには絶対に連れていってはくれなかったのだ。

「あなたが行きたがっていたのを思い出したんです。それに、今日なら運転手付きで行けるので」

「おい、誰が運転手だ誰が」

少し眠そうな声と共に、遅れてやってきたのはアモンだ。

「アモンも一緒なの？」

「安心しろ、お前たちの邪魔はしない。俺は仕事だ仕事」

軍港祭は、帝国の海軍主体の祭りである。そしてアモンには以前海軍に所属していたことがあるらしく、その縁で主賓として招かれているのだそうだ。

「そういえばアモン、敵の軍艦いっぱい沈めたって言ってたっけ」

「あのときは苦労したぞ。人目につかないよう魔法で船を沈めるのは骨が折れた」

その苦労は報われ、敵の艦隊を沈めた伝説の指揮官としてアモンは有名らしい。彼が祭りに招かれたのも、その功績を称えるためなのだろう。

「平時は殺人を罪だと言うくせに、戦争での虐殺は称えるなんて、人間の考えることはよくわからんな」

「そういうものなのよ、人間って」

呆れるアモンに、リリスは苦笑を向ける。

「でもそういえば、船にはサマエルも乗っていたんでしょ？　あなたは呼ばれていないの？」

「呼ばれましたが断りました。私はもう軍人ではありませんし、欲しい賛辞はリリスからのものだけです」

今すぐ褒めてほしいとでも言うように、サマエルの指先がリリスの唇をなぞる。褒めてあげたいのはやまやまだが、怪しい手つきにゾクゾクと身体が震え、声を出すことが叶わなかった。

「いちゃつくのはマルリブに着いてからにしろ」

甘い空気に戸惑うリリスを、助けてくれたのはアモンだ。

呆れた顔で車に乗り込もうとする彼を見て、リリスは咄嗟に距離を詰め、腕に縋りつく。

「ね、ねえ、サマエル何かあったの？　変じゃない？」

小声で尋ねると、アモンは不敵に笑う。

「知らないな」

「その顔、絶対何か知ってる！」

「まあいいじゃないか。珍しくちゃんと恋人っぽいことしてるし」

「でもあのサマエルよ？」

「ようやく、お前の望みを叶える気になったんだろ。生暖かく見守ってやれ」

「生暖かく、ってところに不安を感じるんだけど」

「冷ややかに見守れって言わないだけマシだろ」

なんとなく、今回は信じてもいいぞという雰囲気をアモンは出している気がする。かといって期待をしすぎるのはまだ少し怖い。

「まあ、とりあえず楽しめ。あと今すぐ離れろ。あいつの視線が痛い」

離れるまでもなく、サマエルがリリスとアモンを引き剥《は》がす。

「どうせ摑むなら、私の腕にしてください」

言うなり、リリスは車の後部座席に押し込められる。

そこまでは予想の範囲内だが、気がつけばサマエルの膝の上に彼女は座らされていた。

「え、なんでここ？」

「デートですから」

「デートでも、座席は普通に座ると思うけど!?」

間違ったことは言っていないはずなのに、サマエルはリリスを放すどころか抱き締める腕に力を込める。

「あなたの席は、ここです」

「せ、席!?」

「あ、下僕として椅子になりたいとかそういう意味じゃないですよ。リリスの椅子になりたい気持ちがあるのは否定しませんが、今日はデートですので適切な距離感を保っているだけです」

若干不穏な台詞が混じっていたが、サマエルなりにデートらしい雰囲気を演出しようとしてくれているのは嬉しい。

「アモンの運転は荒いですから、私にしっかり掴まっていてくださいね」

「……荒いのはお前だろ。そして、イチャイチャしすぎだ」

アモンがすかさずツッコんだが、サマエルはおかまいなしだ。

一方リリスは未だ戸惑いの中にいたが、サマエルが自分を放す気がないと察すると、そっと彼の身体に身を寄せる。

（この感じ、なんだか久しぶり……）

そういえば前世では、よくこうしてサマエルの膝の上に乗った。今よりずっと大きく翼もあったので、膝の上に乗ると真っ黒な闇の中に囚われたような気持ちになったものだ。

『私の側は怖くないですか？』

自らの姿を恥じていたサマエルは事あるごとに尋ねてきたが、彼の闇の中に包まれるのは嫌いではなかった。

闇の中で光る紅い瞳に見つめられると温かな気持ちになったし、不器用な手つきで身体や頭を撫でられるととても幸せになった。

そしてそれを口にすると、彼は嬉々としてリリスを膝に座らせてくれた。

(もしかして、あのとき喜びすぎたから、『椅子になりたい』なんて変な願望を植えつけてしまったのかしら)

だとしたらサマエルをおかしくさせているのは自分なのかもしれないと、リリスは少しだけ反省する。

(サマエルはこちらの考えを正しく受け取ってくれないし、言葉には注意しなくちゃ)

望みを教えてほしいと言われたが、一歩間違えれば更なる失望が待っている気がする。

(お祭りでも、気を引き締めていかないと)

浮かれてばかりはいられないと、リリスは決意を新たにする。

そんなリリスと彼女を抱き締めるサマエルを、アモンがバックミラー越しに見ていた。

「……こいつら、本当に大丈夫なんだろうか」

アモンは悪魔らしからぬ心配そうな顔を浮かべていたものの、当人たちがそれに気づく様子は皆無であった。

◇◇◇　◇◇◇

軍港都市として栄えるマルリブは、リリスたちの住む帝都から車で三時間ほどの距離にある。戦時中は軍の本部も置かれていた場所で、サマエルとアモンはこちらにも家を持っているらしい。

軍港都市という呼称のせいで物々しい場所のように思えるが、マルリブはかつて貴族たちの避暑地として栄えた町で、日の光を受けて輝く白壁の建物が並び町並みは絵画のように美しい。

そんな美しい景色の中を走った後、町外れの高台にある一際耽美《たんび》な建物の前で、リリスたちの乗る車は停車した。

「ここはホテルか何か？」

「私たちの家ですよ。祭りは一週間続きますし、その間はここに滞在します」

「い、家って……こんな大きなお屋敷が？　それにデートって一日だけじゃなかったの？」

戸惑うリリスにサマエルは頷く。

「お泊まりデート、というやつですね」

「お、お泊まり」

「アモンが、デートと言えばお泊まりだと豪語していたので」

サマエルの言葉にリリスがアモンを窺えば「いい仕事しただろ！」という顔で彼は車から荷物を取り出している。

「俺は離れの部屋を使うから、お前たちは海沿いの部屋で思う存分イチャイチャしろ」

「え、まさか同室……？」

「デートと言えば同室だろ」

ウインクを置いて、アモンは先に屋敷へと入っていく。

彼の協力に感謝する一方、同室だとわかった途端初めての夜のことが蘇ってしまい、リリスの顔は真っ赤に染まる。

それに気づかぬサマエルにエスコートされ、入ったお屋敷は帝都のものよりもずっと豪華だった。もともとは古い貴族の屋敷だったらしく、調度品も内装も現代的ではないが贅の限りを尽くしている。どの部屋も広々とした作りで、かつては貴族たちが毎晩この屋敷で晩餐会《ばんさん》や舞踏会を開いて楽しんでいたそうだ。

「サマエルたちは、ここに住んでいたのよね？」

「はい、でも戦争が終わってからはずっと放置していたんです。初期の内装はもっと品がなくて、住むには落ち着かなくて」

しかしいずれ使うこともあるだろうからと、内装に手を入れ所有していたらしい。

「リリスがどんな場所で暮らしたいかわからなかったので、ひとまず海の見える家も持っていたほうがいいかと思い手放さずにいたんです」

「その言い方だと、まさかほかにも……」

「はい。自然が豊かな西部や、北の雪国、南方の砂漠地帯にも用意してあります」

冗談のつもりだったのに、真面目に言葉を返されリリスは驚く。

「全て帝国領内なので、リリスが望むなら今すぐにでも引っ越せますよ？」

「わ、私は今の家で十分よ。でも心遣いはありがとう」

「お礼なんて必要ありません。あなたが喜ぶ顔を見たくて、勝手にしたことですから」

「だけど結果的に私は得ばかりしているもの。サマエルたちのお陰で、贅沢な暮らしができているし」

働く必要もなく、ただ生きているだけで最上級の暮らしができるなんてあまりに贅沢だと、リリスは改めて思う。

「だから時々心苦しくもあるの。自分ばっかり良い思いをしていいのかなって」

「でもあなたは、富を独り占めせず貧しい人々に施しをしているじゃありませんか」

「それだって、結局は自分のためだもの。贅沢に溺《おぼ》れないように、人間らしく生きられるようにって思いからしているだけで、善行と言えるかは疑問だし」

巷では聖女とさえ呼ばれているが、それほどの人間だとリリス自身は思えない。だからこそサマエルがくれる贅沢や幸福が、身の丈に合っていない気がしてしまう。

「リリスは正しい人です。もっと自分勝手に生きてもいいくらいに」

「十分自分勝手に生きているわ。デートがしたいって、サマエルに我が儘だって言ったでしょ？」

「それくらい我が儘のうちには入りません。それにデートは、私もしたかった」

「本当に？」

「はい。それに今、とても楽しいです」

二人が過ごす寝室に入り、サマエルは海の見えるバルコニーへとリリスを促す。

「綺麗な場所で、あなたと過ごすのも悪くない」

バルコニーに立つと、サマエルがリリスを背後から抱き締める。それにドキドキしながら眺めた景色は、確かに目を見張るほど美しい。

屋敷の建つ崖を中心に、左右には二つの入り江が見える。片方は軍艦の停泊する軍港で、もう片方は海水浴場などもある観光用のヨットハーバーだ。

二つの入り江は祭りに合わせた装飾が施され、軍港のほうには大小様々な軍艦が見える。その周りには観光用のヨットもたくさん出ており、海の上も華やかだ。

「ねえ、サマエルたちはあの港の基地にいたの？」

素朴な疑問を口にしながら、リリスはサマエルを振り返る。その途端、リリスの身体の奥が不意に疼いた。原因は、自分を見つめるサマエルの眼差しだ。

「ええ、ずいぶんと昔ですが」

答えながらも、サマエルの眼差しは片時もリリスから離れない。視線が絡むと再び身体が疼き出し、リリスは落ち着かない気持ちになる。

けれどなぜか、サマエルから視線を逸らすこともできない。

「あの、サマエル……」

そんなに見つめないでと言いたかったのに、言葉は下りてきた口づけによって遮られてしまった。最初は触れるだけの優しいキスが、少しずつ深さを増していく。

「あ……んっ……」

自然と開いた唇の隙間をサマエルの舌がこじ開け、戸惑うリリスの舌を淫らに捕らえた。甘美な舌使いに、リリスの思考と身体は瞬く間に蕩けた。

気がつけばリリスからも舌を絡ませ、唾液が絡まるいやらしい音が響く。

舌を擦り合わせ、甘い吐息をこぼしているうちに、リリスの膝から力が抜けていく。

そんな彼女をサマエルは抱き上げ、バルコニーに置かれたティーテーブルの上に座らせた。テーブルは少し不安定だったが、サマエルが側にいるので怖くはない。

「ああ、リリス……」

甘い声で名を呼ばれ、ようやく唇が離れる。それに寂しさを感じつつサマエルを窺うと、彼の瞳が悪魔の色に染まっている。

紅の瞳には熱情も滲《にじ》み、サマエルの表情はいつになく蠱惑《こわく》的だ。

(もしかして、また兄さんが何かしたのかしら？)

目の前のサマエルは、明らかに欲情していた。それに困惑と喜びを抱えていると、サマエルがリリスの頬にすり寄ってくる。

「……ごめんなさい、失敗……しました」

「失敗？」

「デートだから、口づけをしようと思ったのです。ですがリリスの唇が甘すぎて、悪魔の本性が隠しきれない……」

言葉と共に、彼の背に真っ黒な翼が現れる。

巨大な翼が広がると、リリスはその影にすっぽり包み込まれてしまう。美しい景色も遮られ、見えるのは自分を見つめるサマエルの艶やかな眼差しだけだ。

「ごめんなさい……恐ろしいですよね……」

「そんなことないわ。なんというか、不思議と懐かしい感じもするし、とっても綺麗」

前世の頃に見た翼は歪で、左右で大きさも違った。そんな翼でさえリリスは素敵だと思っていたけれど、今のサマエルに生えているのは天使を思わせる美しい翼だ。色は真っ黒だが、神々しささえ感じる。

「本当に……これが綺麗に見えるのですか？」

「ええ。だから大丈夫、ちっとも怖くないわ」

笑顔で羽の先をそっと撫でると、サマエルは更にきつくリリスを抱き締めてくる。

「すぐに出かけるつもりだったのに、そんなことを言われると私は……」

言葉は途切れてしまったが、サマエルがリリスを求めているのは火を見るより明らかだった。そしてサマエルの悪魔の瞳に射貫かれると、リリスもまたどうしようもなく彼が欲しくなる。

「私が、欲しい？」

「ええ、欲しくてたまらない」

「なら全部あげる。だから私にもサマエルを……」

ちょうだいと言いたかったのに、口づけが懇願を遮る。

「すみません、ベッドに運ぶ余裕もなさそうだ」

荒々しく唇を奪った後、サマエルはリリスのドレスをたくし上げた。そして下着をずり下ろし、すでに濡れ始めた襞に指をこすりつける。

「あ、まっ……て……」

「待てません。今すぐ、あなたに突き入れたい」

サマエルの指がリリスの秘所に触れた途端、下腹部に刻まれた魔法の刻印がカッと熱を持つ。

（また、魔法……？）

リリスは何か命令させる気なのかと身構えたが、むしろ彼女のほうが彼の手つきに乱され従順になっていく気がする。

「リリス、もっと蜜をこぼして」

甘く囁かれると、リリスの膣は勝手に弛緩し花弁の間から大量の蜜がこぼれ出す。もよおしたのかと思うほどの量に戸惑うが、たくし上げたドレスの裾が邪魔して、自分の臀部《でんぶ》がどうなっているかを確認することができない。

「あ、いっぱい……出ちゃう……」

でも蜜は太ももを伝い、テーブルまで汚してしまっている気がする。

「ぐちゅぐちゅに……なっちゃう……」

「なってください。そうすれば、あなたは私を受け入れられる」

言葉と共にぬぷりと、サマエルの指がリリスの入り口を押し開く。

「あ……っ、ンッ……」

入り口をゆっくりと広げながら、サマエルがリリスの胸にも手を添える。服の上から触られただけなのに、リリスの身体は淫らに跳ねテーブルがぐらぐらと揺れた。

「リリスは感度がいい」

「だって……ンッ、サマエル…が……」

「悪魔に触られて感じてしまうなんて、悪い子ですね」

言葉とは裏腹に、サマエルの顔には幸せそうな笑みが浮かんでいる。それを見ているだけでお腹の奥がキュッと締まり、リリスの隘路が悪魔の指先を強くくわえ込む。

「もう、奥が欲しがっている」

「あっ、指……増やさない、でっ……」

「でもここは、物足りなさそうですよ？」

サマエルの言葉を肯定するように、リリスの肉洞は二本に増やされた指をやすやすと受け入れていた。

指先は先ほどより奥へと入り込み、大量の蜜を掻き出しながら中を刺激する。最初は圧迫感と違和感が強かったけれど、感じる場所を巧みに刺激されると愉悦がジワジワと広がり出す。

「あ……そこ……」

「気持ちいいですか？」

「いいけど、ッ……よすぎて……」

苦しさと恥ずかしさに、リリスはつい股を閉じてしまう。

「閉じたら入れられません」

「でも……」

昼間、それも外でこんなことをしてもいいのかと、いまさらのように迷いが生まれる。

（これ以上したら、絶対おかしくなっちゃう……）

声も我慢できる気がしないし、初めての夜のように淫らな姿を隠せなくなるのは明らかだった。

「安心してください。庭は広いですし使用人もいません」

「けど、兄さんが……」

「離れなので聞こえません。それでも気になるというなら私の翼であなたを隠して差し上げましょう」

言いながら、サマエルはリリスをテーブルから下ろす。身体に残った愉悦のせいで彼女が立てないと察すると、サマエルはリリスをバルコニーの手すりに摑まらせた。

「そのまま、美しいお尻を私に突き出してください」

前屈みの体勢でバルコニーの柵《さく》に手をつきながら、リリスは言われるがままサマエルのほうに腰を突き出す。そこでもう一度ドレスをたくし上げられ、彼女ははしたない体勢で蜜に濡れた秘部を晒す格好となった。

「……ッぁ……こんな格好……」

「でもほら、この角度ならアモンが庭に出ても見えないし、太陽の光も遮れます」

バサリと羽を広げ、サマエルはリリスを影の中に閉じ込める。

それから彼は突き出された臀部をゆっくりと手で撫でた。

「く……っ、ん……」

「本当になめらかな肌だ。食らいつきたくなるほど形もいい」

言うなり、丸みを帯びた臀部にサマエルが口づける。肌をちゅっと吸い上げられるとゾクゾクとした快感が全身を駆け抜け、リリスは膝から崩れ落ちそうになった。

「あ、そんなところ……だめ……」

柵にしがみつきながら、リリスは与えられる快楽を逃がそうと頭を振る。

けれどそれはまだ序の口だ。

サマエルは太ももや臀部にも唇と舌を寄せながら、再びリリスの襞を指で擦り上げる。

「あ、またッ……中に……」

「今度は三本入りましたね。……ああ、ヒクついて大変可愛らしい」

「やぁ……いわ、ないで……」

「でもリリスは、可愛いと言うと嬉しいでしょう？　ほら、中もこんなに喜んでいます」

リリスと重なるように身体を折り、サマエルはあえて耳元で可愛いと囁き続ける。

「あなたは本当に可愛い。淫らで、美しく、私を求める反応さえ愛らしい」

言うなと言ったのに、サマエルが自重する気配はない。

そして甘い賛辞が重なるたび、リリスは甘い悲鳴を上げながら全身を震わせてしまう。

「こんな……はしたない、のに……」

「それでいいんです。あなたの乱れる姿は、悪魔を虜にするほど愛らしい」

そこで勢いよく指が抜かれ、その衝撃にビクンと腰が跳ねる。同時に繋がりを失った切なさがこみ上げたが、すぐに熱い何かがリリスの蜜口に押し当てられた。

「だからもっと、可愛い姿を私に見せて」

甘い言葉に続き、サマエルの肉棒がリリスの入り口を押し広げた。

入り口は十分解されていたが、それでも凄まじい圧迫感だった。

「あぅ……おお、きい……」

「すみません、あなたが可愛すぎて、人間の大きさが保てない」

「あ、さけ、ちゃう……ああっ……」

「痛みはないようにしてあります。だから怖がらず、力を抜いて」

リリスの腰を抱き支えながら、サマエルがゆっくりと腰を突き入れる。

膣がめりめりと押し広げられる感覚に一瞬恐怖を覚えたが、言われるがまま力を抜けばサマエルの先端がもたらす心地よい刺激が中に広がり始める。

最初のときよりも大きくなったサマエルの肉棒は、リリスの感じる場所を的確に抉り、中を隙間なく埋める。彼のモノでいっぱいになると、充足感が増しすぎて泣くほど気持ちがいい。

「あ……いっぱい……すごい……」

「くっ、そんなに……締めつけないでください」

リリスが快楽の中で咽《むせ》び泣いていると、サマエルが苦しげに言葉をこぼす。

「して、ない……サマエルのが、大きいから……」

「……ッ、そんな声を出されると、もっと大きくなってしまう」

リリスの中で逞しさを増す男根は、彼女の中を更に押し広げていく。

自らの中がサマエルの形に合わせて変化していくのを感じながら、リリスは熱のこもった吐息をこぼす。

「あ、また、すごいッ……おおきい……」

「苦しいですか？」

「……ッ、ううん……きもち、いい……」

「なら、動きますよ」

リリスを気遣うようゆっくりと、サマエルが腰を揺らす。緩やかな動きではあったが、サマエルのものが逞しすぎるのでもたらされる愉悦は尋常ではない。

全身を甘い電流が駆け抜け、クラクラするほどの快感に理性が綻んでいく。

「あっ……そこ、こすれると……ッやぁ……」

「嫌ではないでしょう？」

「でも、おかしく……なっちゃう……」

「なればいい。愉悦に溺れるあなたもまた、とっても可愛いです」

リリスを快楽に落とすために、サマエルは腰使いを更に強める。

普段の優しさから想像がつかないほど、リリスを乱れさせる彼に容赦はなかった。

打擲音《ちょうちゃくおん》と淫らな水音を重ねながら、サマエルの男根がリリスの中を抉り、激しい愉悦を引き出す。

感じる場所を的確に攻められると、媚肉が戦慄《わなな》き更に蜜をこぼした。

「あぁ、やぁ……ああっ……」

「ああ、声さえも可愛い。もっと、もっと聞かせてください」

「くるしい……気持ちよくて、ンッ苦しいの……」

「私もです……。あなたは、悪魔をも殺す毒だ……」

バルコニーの柵に必死に縋りつきながら、リリスはサマエルの抽挿を受け入れる。悪魔の牙に中を抉られ、掻き回され、右も左もわからなくなる。

「きもち、いい……サマエル……、ああッ……いいの……」

悪魔に貫かれた身体は歓喜に震え、美しい瞳からは涙が絶えずこぼれ出す。そこにはもう聖女と呼ばれていた静謐な少女はいなかった。

「ああ、サマエル……サマエル……！」

「リリス、私の……可愛いリリス……！」

名前を呼び合いながら、自然と二人は呼吸と動きを合わせ、お互いを高めていく。

これ以上ないと思われる激しさで腰を穿たれ、リリスは獣のように喘ぎながら絶頂の到来を迎えた。

「ゃああ、ッあああああ――!」

「ぐっ……、ッ――」

リリスが達するのと、サマエルの熱が中に注がれるのはほぼ同時だった。

悪魔の精液は、やはり人の身体が受け止めるには量が多い。サマエルが竿を引き抜くと、蜜と混じった白濁がどくどくと花弁からこぼれ出す。

絶頂で意識は朦朧としていたが、太ももを濡らす熱をリリスは感じていた。

それがサマエルのものだとわかっていたから、こぼれ落ちてしまうことに僅かな切なさを覚える。

(サマエルのものは、全部……欲しいのに……)

願っても、こぼれ落ちていくのは止められない。

同時に意識さえ保《たも》てなくなり、リリスの膝から力が抜けていく。

頽れる間もなく抱きとめてくれたのはもちろんサマエルで、その腕に囚われたリリスは彼に頬をすり寄せた。

「……お願い……はなさ、ないで……」

「離しません。離せるわけがない」

そんな言葉と共にぎゅっと抱き締められながら、リリスは心地よい眠りに誘われていた。

◇◇◇　◇◇◇

遠くから聞こえてくる潮騒に、リリスは眠りからゆっくりと引き戻される。

（あれ、私……）

目を開けると最初に飛び込んできたのは、見覚えのない豪華な寝室だった。

ここはどこだろうかと寝返りを打ったところで、リリスは部屋の隅で膝を抱えているサマエルに気づく。

リリスの身体に残るのは甘美な触れ合いの余韻だったが、サマエルのほうは事後とは思えぬしょげた格好だ。

いったい何事かと身体を起こすと、サマエルが立てた膝に顔を埋める。

「……この命で、償わせてくれませんか……？」

「いや、償いって何!?　どうしてそうなるの!?」

思わず飛び起きたところで、リリスは下腹部に鈍い痛みを感じる。そこでようやく、この部屋で寝かされた経緯を鮮明に思い出した。

「私は、リリスの願いさえ叶えられない愚かな悪魔です……」

絶望の二文字を背負い、項垂れるサマエル。その様子を見たリリスは、なんとなく彼の考えを悟る。

「もしかして、デートする前に私を抱き潰した自分は屑だ……とか思ってる？」

「屑どころではありません。リリスの願いを叶えると約束したのに、あろうことか出かける前に抱いてしまうなんて……」

ちらりと窓の外を窺うと、もう夕暮れだ。昼前に着いたはずだから六時間近く眠ってしまったらしい。

「色々と計画していたのに、祭りの初日は終わってしまいました」

「寝落ちしてしまったのは私だし、サマエルのせいじゃないわ」

「いえ、意識を飛ばすほど強い快楽を与えてしまったのは私です。あなたの身体が楽になるようにと、愉悦を増す魔法をかけたのがいけなかったのです」

「でもそれは私のためでしょう？　それに、その……あなたが欲しいってねだってしまったのは私だし」

口にするのは恥ずかしかったが、ちゃんと言葉にせねばサマエルは立ち直れない。サマエルは一度落ち込むと長引くし、こういうときにどうやって彼の気持ちを立て直すべきかをリリスは長い付き合いの中で学んでいた。

「それに、私、こういうデートも好きよ？」

優しい言葉をかけ、リリスはサマエルに笑みを向ける。

「こんなのはデートとは言えません」

「外に出かけたりするだけがデートじゃないわ。だからほら、こっちに来て」

そっと手招けば、サマエルはおずおずと近寄ってくる。その仕草は前世の彼を思い起こさせ、リリスは懐かしさに微笑んだ。

「あなたはちゃんと、私の望みを叶えてくれているわ」

側に座したサマエルの胸に頬を寄せ、甘えるようにすり寄れば、サマエルの身体からふっと力が抜けるのがわかる。

こうして触れ合っていると、まるで本当の恋人同士のようだ。

（もしかしたら、今度こそ期待してもいいのかな……）

恋人のように振る舞うのは今だけで、また下僕に戻るのではとずっと心配していたけれど、さりげない仕草や振る舞いのひとつひとつから、以前にはなかった甘い雰囲気が漂ってくる。その変化を、そろそろ信じてみてもいいのかもしれない。

不意にそう思い、リリスはいつになく優しい眼差しをサマエルへと向けた。

「どうしても気にしちゃうなら、やり直さない？」

「やり直す？」

「軍港祭って一週間のお祭りなんでしょう？　明日も明後日もあるし、なんだったら今から町を散歩してもいいじゃない」

「しかし、身体はきつくないですか？」

「大丈夫よ」

腰の奥に違和感は残っているが、歩くのに問題はない。

リリスが元気だと示すように微笑めば、サマエルの顔がぱっと華やぐ。

「ならこのあと出かけましょうか。実は夜の予定も、色々立てていたんです」

言いながら、サマエルが手を軽く振ると二人の間に何枚もの紙の束がドンッと現れる。

「えっと、夕刻からの予定は……」

「ちょ、ちょっと待って。もしかしてこれ全部デートの予定表!?」

「ええ。リリスを喜ばせるために、分刻みの完璧なスケジュールを立てたんです」

サマエルの言葉に驚きながら予定表を覗けば、過酷すぎるほど過密なスケジュールが記されている。

（これ、出かけなくて正解だったかもしれない）

悪魔ならともかく、人間なら過労死するほど予定がギチギチに詰まっている。

「デ、デートはそんな完璧にしなくていいのよ？　私、サマエルと一緒に過ごせるだけで満足なの」

「でもデートは完璧かつ特別であるべきでしょう？　一緒にいるだけなら、毎日がそうですし」

「私にとってはあなたと一緒にいられる毎日が、すでに特別で大切なの。だからどんなデートでもぜんぜんかまわないわ」

サマエルは怪訝そうだが、特別という言葉は嘘ではない。

(生きて一緒にいられる……。それだけで、十分嬉しい)

別離を経験したからこそ、今改めて彼女はそう思うのだ。

「だから命で償うなんて絶対に言わないで。私が一番望まないのは、あなたがいなくなってしまうことだから」

優しく諭《さと》しながらサマエルの頭を撫でると、彼はようやく笑顔を取り戻す。

「ならば、もう二度と離れません」

「それでいいわ。だってもう、死に別れなんて絶対嫌だもの」

二度と経験したくないという言葉にサマエルは頷く。

だが次の瞬間、彼の表情が再び強張った。

「……待ってください、今死に別れたと言いましたか?」

「えっ……」

サマエルの低い声に、リリスは失言に気がつく。

しかし全ては後の祭りだ。サマエルはリリスの肩を痛いほどの強さで掴むと、その瞳を悪魔のものへと変える。

「また、前世を思い出しかけているのですね……。その記憶は、いらないと何度も言っているのに……」

「ま、待ってサマエル……！　確かに思い出したけど、私……」

距離が縮まり始めた今なら、記憶があると打ち明けてもサマエルは受け入れてくれるかもしれない。そんな期待をしていたが、リリスを見つめる表情には絶望の表情が浮かんでいる。

「ああ、どうして……どうして何度消しても蘇るんだ……。あれはあなたに、必要のないものなのに」

次の瞬間、サマエルの美しい容姿が悪魔のそれへと変わり始める。

身体を包む陽炎は悲しみと苛立ちに揺れ、肌がチクチクと痛むほどの魔力が彼の身体から溢れていた。

『忘れなさいリリス。私たちの記憶は、必要のないものだ！』

悪魔の声が命令すると、リリスの頭が刺すように痛む。

「どう……して……」

『あなたに私の……あの悍《おぞ》ましい姿を……思い出してほしくない……』

懇願は魔法に変わり、リリスの頭から大事な記憶を消そうとする。

（あっ……）

しかし魔法の効果はすぐさま消える。頭の痛みも同時に消えたかと思えば、むしろかつてより鮮明に記憶が蘇ってくる。

(なに……これ……)

目の前の景色が歪み、リリスは思わず目を閉じる。

しかし暗闇は訪れず、脳裏に浮かんだのは自分が死んだときの光景のようだった。

(この教会……それにこの冷たさ……やっぱり私が死んだ日の記憶なの？)

あの日、二人は廃墟となった教会で結婚式のまねごとをする予定だった。

サマエルが見つけてきてくれた白いワンピースとベールに見立てた布を身につけ、リリスは祭壇の前に立っていた。サマエルは指輪の代わりに贈る花を探すと言って出かけ、リリスだけがその場にとどまったのだ。

しかしそれが悲劇の始まりだった。

その教会は悪魔の根城で、最悪のタイミングで戻ってきた悪魔は、リリスを見るやいなやいきなり襲いかかってきたのだ。あまりの速さに驚く間もなく、リリスは喉をかき切られ、白いワンピースを真っ赤に濡らした。

『サマ……エル……』

愛おしい悪魔の名を呼んだのを最後に、その後の記憶は、曖昧で断片的だ。

異変に気づき駆けつけてきたサマエルが悪魔を追い払ったこと、死にゆく自分に駆け寄ってきたこと。

そして今度こそは幸せにすると誓ってくれたのが、リリスの最後の記憶だった。

しかし普段はそこで途切れる記憶が、なぜだか今日は終わらなかった。

むしろ夢でも見ているかのように意識が記憶と混ざり合い、まるで時間が巻き戻ったかのように、リリスはより鮮明に自分の最後を思い出していた。

『ああ、嫌だ……嫌だ……リリス……リリス！』

サマエルの苦しげな声が響き、リリスは最後の気力を振り絞って目を開けた。

そこにはサマエルがいた。しかしその姿はあの醜い悪魔のものではなかった。

人のときの姿に似ているが、それより遥かに彼の容姿は神々しい。

肖像画に描かれた神によく似た、あまりに美しい男がリリスの側に膝をついていた。

銀糸の髪は美しく輝きながら腰まで伸び、歪だった翼は天使を思わせるものへと変わる。

肌は透き通るほど白く、鋭くて黒い爪さえも宝石のように美しい。

『リリスは……リリスは私の……』

美しい顔に絶望を乗せ、サマエルは狂ったように泣き叫んでいた。だが長い絶望の後、彼はリリスの身体から広がった血にふと目を止めた。

その次の瞬間、苦痛に満ちていた表情が不気味に歪む。

『ああ、これもリリスだ……。そうだ、私はまだ何も失ってはいない。まだ、ひとつになれる……』

彼の声は幸せそうなのになぜだか背筋が凍る。

でも意識があるとはいえ、リリスはもはや虫の息だった。悲鳴を上げることもできず、神々しい姿へと変貌したサマエルの前で黙って横たわることしかできない。

『ひとつになりましょう、リリス。まだ間に合う。まだ私たちはひとつになれる……』

リリスを抱き起こして、サマエルは微笑んだ。美しいのに、それ以上に恐ろしい笑みだった。

『安心して。あなたの全てを……私は……』

神のような姿をしていたが、目の前にいるのは悪魔だった。醜い容姿をしていたとき以上にそれを感じ、そこで初めてリリスの口から悲鳴がこぼれる。

その悲鳴にすら愛おしさを感じるように、サマエルが笑みを深める。その口元から牙が覗き、瞳が悪魔のものへと戻った瞬間、リリスの記憶はかき消え現実が戻ってくる。

「どうか私がしようとしたことは……あの醜い姿だけは……どうか忘れてください……」

目を開けると、そこには震えるサマエルの姿があった。

自然と彼の身体を抱き寄せながら、リリスは今し方見えた光景を思い出す。

(あのとき……サマエルはいったい、何をしようとしていたの……？)

何かとても恐ろしいことを、リリスにしようとしていた気がするが、具体的な内容は何も思い出せない。

だがあの瞬間の恐怖が、リリスの身体には僅かに残っている。そしてその恐怖こそ、サマエルが消したくてたまらないことのように思えた。

不安を感じながらもサマエルをぎゅっと抱き締めていると、ゆっくりと彼が顔を上げる。

その顔にはリリスの記憶がないようにと願う感情がありありと見て取れて、リリスは疑問と不安の真相を尋ねることができなかった。

(それに今は、私も全てを知るのが怖い……)

蘇った記憶の中で、リリスはサマエルに対して恐怖を抱いていた。その恐怖を喜ぶサマエルはまさしく悪魔で、途切れた記憶の続きが穏やかなものだとは思えなかった。

(さっきの記憶の続きを思い出したら、サマエルが言うように私は彼を嫌いになるのかしら……)

そしてそれが、何よりも怖い。

リリスにとってサマエルは全てだ。彼を愛し、彼と幸せになることだけを考えてずっと生きてきた。ようやく恋人になれそうなところまできたのに、もしその関係が崩れたら、リリスはどうやって生きていけばいいのだろう。

(いいえ、サマエルを嫌うことなんて絶対にないわ。たとえ恐ろしくても、それだけはない)

心ではそう思いつつも、身体の奥に巣くう不安と恐怖はいつまでたっても消えてくれなかった。だからリリスは魔法にかかったふりをして、嘘を重ねる。

「な、なんだか頭がぼんやりするんだけど、私また寝てたのかしら……？」

リリスの言葉にサマエルはほっと息を吐き、ぎゅっと彼女を抱き締めてくる。

「私が抱き潰してしまったんです、すみません」

「そ、そういえば、そうだったわね」

「身体は……あと頭が痛んだりはしませんか？」

「大丈夫よ。それよりもこれからデートに行くって、確か言ってたわよね」

少しでも不安を消したくて、明るい声を出す。するとサマエルも笑顔を取り戻し、優しいキスをリリスの額《ひたい》に落としてくれた。

「分刻みの完璧な計画を立てていますから、今度こそ素晴らしいデートを提供させていただきます」

「デ、デートはのんびりがいいな」

いつも通りの彼に戻ったことに苦笑しながら、彼がまだデートをする気でいることにリリスはほっとする。リリスが記憶を持つことにサマエルは未だ恐怖があるようだが、少なくとも関係は進展している。

関係を深めることで、いずれサマエルの絶望の理由を知ることになる予感と不安を抱きながらも、今は深く考えすぎないようにしようとリリスは自分に言い聞かせた。

第五章

サマエルが実行しようとする分刻みのスケジュールをやめさせ、とにかくのんびり散歩でもしようと二人が出かけたのは、飲食店街が軒を連ねるヨットハーバーだった。

もう日も落ちたというのにたくさんの人々が詰めかけ、お酒を片手に賑《にぎ》やかに騒いでいる。広場では楽団が軽やかな音楽を奏《かな》で、その前では踊っている人たちも多い。

「軍港祭って、夜まで賑やかなのね」

「一年を通して、この辺りは夜もこんな感じなんです。昔から軍人向けの酒場が多く立ち並んでいて、夜になると大変賑やかでした」

戦争が終わると、マルリブはその景観の良さから貴族や金持ちたちの別荘地として活用されるようになり、近年は観光地として人気を博しているのだという。

「サマエルも、昔はこの辺りで飲んだりしたの？」

「ええ。アモンに毎晩連れていかれました」

「もし馴染《なじ》みのお店があるなら行ってみたいわ。そこで二人の昔話とか聞きたい」

「そんな面白い話はないですよ」

「でもあなたたち二人とも、嘘みたいな伝説いっぱい作っているじゃない」

悪魔なので当たり前だが、二人は軍人として多くの偉業を成し遂げている。このマルリブでは海兵隊として、その後サマエルは諜報員、アモンは軍師として活躍し、お陰でリリスは帝都で平和かつ贅沢な暮らしが送れているのだ。

その偉業を二人はあまり語らず、知るのはいつも人づてだ。だから一度、どんなふうに仕事をしていたのかリリスは聞きたいと思っていた。

「まあ、リリスが望むならいいでしょう」

「じゃあ決まりね」

サマエルの返事に微笑み、リリスは彼の案内で繁華街を進む。

「そうだ、少しお待ちを」

そんなとき、不意にサマエルがリリスの腕を掴んだ。

「どうしたの？」

「デートには歩き方の作法があると聞きましたので」

言うなり、サマエルはリリスと手を繋ぐ。それもただ繋ぐだけでなく、指を絡めた恋人の繋ぎ方だ。

自然と距離も近くなり、リリスは思わず頬を赤らめる。

裸で抱き合っておきながらいまさらだとは思うけれど、近い距離感で外を歩くのは実は初めてなのだ。

「どうしよう、嬉しくて泣きそうかも」

「大げさですね、ただ手を繋いでいるだけでしょう」

「それさえ変な理由でさせてくれなかったのはどこの誰？」

自分は下僕だからと、彼は必ずリリスの少し後ろをついて歩くのが常だった。それどころか、もっとひどい歩き方を強要されたこともある。

「一時期、『私はお嬢様の犬ですから、首輪と鎖をどうぞ』とか言っていたこともあったわよね」

「あれは当時のリリスが犬に夢中だったからです」

「いや、だからって自分が犬になることないでしょう……」

「たぶん、嫉妬していたんです。アモンが与えた犬にばかりリリスがかまうから……」

もう死んでしまったが、かつてリリスは犬を飼っていた。今思えば、自分に首輪をつけろと言っていたのは、確かに愛犬が生きていた頃である。

「犬に嫉妬する悪魔って……」

「だって、いつもくっついていましたし、膝の上に載せたりペロペロさせたりするから……」

「犬はそうやって可愛がるものなの」

「悪魔だって同じように可愛がられたいです」

主張は可愛いが、凄まじい美貌の悪魔が言うとどこか倒錯的だ。

「今からでも、してくださってもかまいませんよ。鎖と首輪も用意しますし」

「いや、私はこっちがいい」

絶対に嫌だと思いながら手をぎゅっと握ると、サマエルは残念そうな顔をした。

「気が変わったらいつでもしてくれていいですからね」

「気は変わらないし、私はこういうデートがいいの」

「……リリスが望むなら」

「そんな不本意そうな顔しないでよ。こういうの、嫌なの？」

リリスのほうもつい拗ねた気持ちになると、サマエルはじっと繋いだ手を見る。

「嫌でないから困るんです。手というのは、繋ぐとムラムラします」

「むっ……!?」

「それに、この距離から見るリリスは可愛くて困ります。今までは後ろ姿だけだったのに、今は顔が見えるから、ついキスをしたくなる」

言うなり唇を指でなぞられ、リリスは真っ赤になる。

その途端、サマエルは周囲からリリスを隠すように彼女を抱き寄せた。

「そういう顔は、人前でしないでください。可愛い顔を私以外の人が見たかと思うと、周囲の人間全てを焼き尽くしたくなる」

「べ、別にいつも通りの顔よ!?」

「ぜんぜん違います。目を潤ませ、頬を染めたあなたはあまりに美しすぎる」

その言葉にリリスが更に赤くなると、サマエルが慌てた様子ですぐ側の路地へ彼女を連れ込む。

「言っているそばから、もっと可愛い顔をしないでください」

「だって、サマエルが突然褒めるんだもの」

上気する頬を冷まそうと手で扇いでいると、サマエルが何かをこらえるような顔でリリスに縋りついてきた。

「ああ、やはり私はおかしい。リリスが表情を変え、僅かに身じろぐだけで可愛くて可愛くて気が狂いそうです」

「そ、それは確かにちょっとどうかと思うわ!?」

もしやアモンがまた何かしたのかと思うが、今のところ悪魔を惑わすような香りや魔力の気配はない。

「今すぐに、ここで抱いてしまいたい」

「そ、それは無理……！」

「わかっています。リリスの乱れた声や姿を、他人に晒すなど考えられない」

切羽詰まった声に戸惑いつつも、リリスはサマエルの主張に喜びを感じていた。

なにせ数日前までは知らない男に嫁《とつ》がせようとしていたほどなのだ。なのに今は、リリスの顔を他人に見せることすら嫌がっている。

(私に執着してくれているのは、かなりの進歩よね……？)

まるで本物の恋人のようだと思いながら、リリスもサマエルの身体に腕を回す。

「私も、サマエル以外に見せるつもりはないから安心して？」

「本当に？　この可愛い顔は、私だけですか？」

「もちろんよ。だからほら、そんな顔しないで」

不安そうなサマエルの唇にそっとキスを落とすと、ようやく彼は笑顔を取り戻す。

それにほっとしたのもつかの間、サマエルの笑顔が、先ほど記憶の中で見た笑顔と重なった。美しく、それ故にどこか恐ろしくもある彼の笑顔が頭をよぎると、リリスの身体が反射的に強張る。

「リリス？」

怪訝そうな顔をしたサマエルを見て、リリスははっと我に返る。

「ごめんなさい。なんでもない」

「ですが今……」

「ほ、本当に何もないの。ただその、少しだけ疲れているのかも」

「なら店に行きましょう。レストランでのデートの作法も学びましたので、完璧なご奉仕をさせていただきます」

「ご、ご奉仕……？」

何か嫌な予感を抱きつつも、やる気に満ち溢れたサマエルに水を差すのは憚《はばか》られる。

（まあ、多少おかしくてもいいか。少なくとも、恋人っぽくはなってきているし）

サマエルがいきなり普通になれるわけがないと割り切れるくらいには、リリスは彼の奇行に慣れている。

だから何が来ても大丈夫だろうと考えながら、リリスは手を引かれて歩き出す。

だが路地から出ようとすると、不意にサマエルの表情が強張った。

「どうしたの？」

異変に気づきリリスが尋ねれば、サマエルは路地の裏に鋭い眼差しを向けている。

「なあ、そこのお嬢さんは……魔力持ちかい……？」

そのとき、不気味な声が突然響く。

リリスを守るように、サマエルが前に出る。広い背中越しに声のほうを窺うと、薄暗い路地の奥から、一人の男がふらふらとやってくるのが見えた。

男は真っ黒なローブを身に纏い、その手には古びた本を持っていた。

「その紫の瞳、お嬢さんは魔力持ちだろう？」

覗き見ていたリリスから、男は片時も目を離さない。それが不気味でリリスはサマエルの背中に思わず縋りつく。

「魔力持ちのあんたにぴったりな商品があるんだ、買わないかい？」

にたりと男が笑えば、サマエルが険しい顔で男を睨む。

「魔力なんておとぎ話の中にしか出てこない迷信ですし、あいにく私たちは忙しいので」

怯えるリリスに代わり、言葉を返したのはサマエルだった。彼の剣呑《けんのん》な言葉に男は明らかにたじろいだが、それでも手にした本を差し出してくる。

「頼むよ。これを魔力持ちに売らないと、教祖様に叱られちまう」

「怪しい宗教絡みですか？　でしたらなおさら、関わり合いになりたくはない」

「だから悪い品物じゃないんだよ。これは悪魔を呼び出して、願いを叶える本なんだ！」

「え……悪魔……？」

思わずリリスが声を出した途端、男の顔が輝く。

「悪魔に反応するってことはやっぱり魔力持ちなんだろう！　絶対そうだと思っていたんだ！　だってあんた、ルドルフ様と同じ目をしている！」

興奮した様子で捲し立てながら、男が二人のほうに近付いてくる。その勢いに恐怖を覚えた次の瞬間、サマエルが軽く手を払う。

直後、男は見えない力で吹き飛ばされ側の壁に激突した。ぐったりとしたまま動かない男がさすがに心配になって、リリスは倒れた男に駆け寄る。

「安心してください、殺してはいませんよ」

男の無事を確認しようとしたリリスの肩を掴み、サマエルは自分の腕の中に閉じ込める。

「まったく、最近はわけのわからない宗教があるものだ」

「宗教……なのかしら？　あの人、悪魔って言ってたわよ」

「悪魔を崇拝する輩《やから》というのは、いつの時代にもいるものです。たいていの場合ろくでもない奴らの集まりですよ」

確かに、この男はどこか不気味だった。

リリスの本能も、この男にこれ以上関わってはいけないと訴えている。なのに男の言葉がどうしても引っかかるのだ。

「ねえ、私って魔力があるの？」

「この男の言い分など、気にする必要はありません」

「でも妙に具体的だったから気になったの。ほら、私の瞳って確かに珍しい色だし」

それにリリスには、サマエルの魔法を時折弾《はじ》く力がある。それはリリスに魔力があるからだろうかと考えていると、サマエルがリリスの顔を覗き込む。

「もしかして、私以外の悪魔を呼び出したいとか考えていますか？」

拗ねたような声に、リリスは驚く。どうやらサマエルは、リリスが考えもしなかった不安を抱いているらしい。

「違うわ。そんなこと、欠片も思ってない」

「でも私はデートも満足にできない悪魔ですから、もっと出来のいい悪魔が欲しいとか思っていませんか？」

「思うわけないわ。私がデートをせがんだのはサマエルだからだし、一緒にいたいのもあなただからよ」

そもそも悪魔に殺された過去があるので、リリスはサマエルとアモン以外の悪魔が怖い。転生してからは一度もほかの悪魔に会っていないが、再び目の前に現れるのではと思うと身体だって震えてしまう。

「悪魔なんて呼び出したくない。たとえそんな力があっても絶対に嫌」

他の悪魔なんて顔を見たくないと言えば、サマエルはほっとした顔でリリスの頭を優しく撫でてくれた。

「昔と違い、悪魔はもうほとんど残っていないから安心してください。たとえ本当に呼び出す本があったとしても、存在しないものを呼び出すことは不可能です」

「でも、存在していれば呼び出せる？」

「そこの本が本物なら……の話ですが」

そう言うと、サマエルは魔法で本を引き寄せる。彼が開いた本を覗き見ると、不気味な挿絵と呪文らしき文字が並んでいた。

「これ、本物？」

「私にはわかりかねます。呪文で呼ばれたこともないですし、この手の魔導書についての知識はあまりないです」

むしろアモンのほうが詳しいと言いながら、サマエルは本を閉じる。そのまま彼は本を捨てようとしたが、リリスはそれを慌てて止めた。

「念のため、アモンに見せない？　悪魔に関するものなら、放っておくのはいけない気がする」

それに……と、リリスはそこで先ほど男が口にした言葉を思い出す。

「この人が言っていた『ルドルフ』って名前に、聞き覚えがある気がしてならないの」

「あなたに、そんな名前の知り合いはいないはずですよ？」

「だから余計に気になるの。どこかの誰かさんが私から男性を軒並み遠ざけていたのに、覚えがあるのはおかしいなって」

過保護すぎるサマエルは、リリスに男性の知人友人を作らせなかった。基本的に男は野獣であり、リリスを傷つける存在だから無用だと言って憚らなかったのだ。

大人になり、慈善活動を行うようになってからは少しだけ知人もできたが、事前にサマエルが調査し許可を出した相手でないとろくに話すこともできないという徹底さだ。

そしてその数少ない知人の中に、『ルドルフ』という名前はなかった。

「ともかくアモンに相談しない？　なんだか、嫌な予感がするの」

サマエルはリリスに関係しない限り、自分や周りのことにあまり頓着《とんちゃく》しない。でもアモンなら、客観的に物事を見てくれる気がした。

「わかりました。この本は持って帰りましょう」

「じゃあ、ひとまず屋敷に帰りましょうか」

「待ってください、デートはいいのですか？」

「したいけど、まずはこれをアモンに……」

「デートより、アモンがいいのですか？」

拗ねるような眼差しに、リリスは少し驚く。

「デート、したかったの？」

「したいと言ったのはリリスでしょう」

「でも、私が望んでいるだけでサマエルはそれほどでもないのかと……」

「確かに、最初はなぜデートを望むのかわかりませんでした。手を繋いで歩いたり、食事をしたり、ただ歩きながら会話をすることの何が特別なのかと」

人間は毎日外に出て歩き、食事をし、誰かと会話をしたり触れ合うことは普通のことじゃありませんかと告げるサマエルに、リリスは小さく吹き出した。

「言われてみると、まあその通りね」

「そもそも出かけることと、デートの違いもよくわからなかったんです。でもリリスと手を繋いで歩くのは幸せでした。それにあなたを楽しませたいと、色々計画するのも楽しかった」

サマエルの微笑みと言葉に、リリスは胸が震える。

自分は下僕だと言い張っていたときと、今の彼はまるで別人だ。

さりげなく頬に触れる手つきも甘く、端から見たら二人は恋人同士に見えるだろう。

「あなたが、楽しいって思ってくれて嬉しい」

「ならこれからも、あなたとデートしたいです。次があるなら、今日は帰ります」

「もちろんよ。私だって、あなたと一緒に食事をしたり素敵な場所を歩きたいって思っていたし」

「ならせめて、帰りは素敵な場所を歩きましょうか」

サマエルの言葉に、リリスは軽く遠回りをして帰ろうという意味かと思った。

だが次の瞬間、サマエルの後ろに大きな翼が生える。

「じゃあ歩きましょう！」

「え、どう見ても飛ぶ感じ……じゃない？」

リリスの予想は当たり、突然彼女の身体が浮き上がる。

次の瞬間、リリスはサマエルに腰を抱き寄せられたまま、町の遙か上空に立っていた。

立っていると言っても、足下の感覚はもちろんない。

「どうです、とても綺麗な場所でしょう」

「こ、こわすぎて、周りとか見る余裕なんかないわよ……！」

サマエルに縋りつくと、彼は怯えるリリスを見て首をかしげる。

「おかしいですね。女性と星空の下を歩くのはデートの定番だと本に書いてあったのですが」

「だからこれ、歩いてないから！」

「でも見てください、星が近いです。それにこうして見ると、足下にも星があるみたいでしょう？」

サマエルの言葉に恐る恐る下を覗くと、きらめく町の明かりは星屑のようだった。

「でもやっぱり高すぎる……！」

何より足下が不安定すぎて怖いと言うと、サマエルはリリスを完全に抱き上げてしまう。

世に言うお姫様抱っこの体勢になり、サマエルの顔が近付いた。

「私がちゃんと抱き締めていますから、安心してください」

心許ない気持ちはなくなったが、リリスに微笑む顔があまりに美しくて、別の意味で心臓がドキドキしてしまう。

「少しは、素敵なデートを提供できましたか？」

「う、うん、想像以上かも」

色々な意味ですごいと心の中で付け加えていると、サマエルの顔がぱっと華やぐ。

「ならまたデート、しましょうね」

次もしたいと彼のほうから言ってくれたのが嬉しくて、リリスも笑顔で頷いた。

(ちょっと不安もあるけど、これからもサマエルと一緒に出かけたい)

リリスは愛おしい悪魔に頬をすり寄せ、ようやく進展し始めた関係にほっと胸を撫で下ろしていた。

◇◇◇　◇◇◇

マルリブで迎えた二日目の朝——。

爽やかな陽気とは裏腹の渋い顔で、リリスは目を覚ました。その原因は全身を苛《さいな》む筋肉痛である。

（……これはやっぱりあのせいかしら）

痛む身体をさすりながら起き上がったリリスは、昨晩の甘いデートを思い出す。

不気味な男に絡まれたりもしたが、最後にサマエルが提案してくれた空を歩くデートは素敵だった。

素敵だったのだが、それは最初の数分だけ。もう一度デートをしようというサマエルの提案を快諾したところ、喜びすぎたサマエルがものすごい勢いで空をビュンビュン飛び始めたせいでリリスは悲鳴を上げる羽目になったのだ。

必死で身体に縋りつき、声の限りに下ろしてと叫んだせいで喉も嗄《か》れ、屋敷に戻る頃には満身創痍《まんしんそうい》だった。

その上急いで戻ってきたというのにアモンはおらず、仕方なく待とうと思っていた矢先「時間があるのなら」とサマエルに甘く見つめられ、そのまま寝室に連れ込まれてしまったのである。

「アモンが帰ってくるまでしましょう」と懇願されて、リリスが断れるわけがない。しかし問題は、アモンがちっとも帰ってくる気配がなかったことだ。

最初は戯れのようなキスや愛撫だったのに、気がつけば服を脱がされ先ほどとは別の意味で泣き叫ぶことになったのである。

まだ三回目だったが、今や悪魔の魔法がなくてもリリスはサマエルの身体に反応し、容易く彼をくわえ込めるようになっていた。それを喜んだサマエルが、様々な体位でリリスを甘く乱したせいで、全身が痛くなってしまった。

(悪魔の体力には、ついていけないわ……)

身体を重ねるのはリリスも好きだけれど、無尽蔵に抱かれるとさすがに保《も》たない。

その上サマエルは変なところで律儀なので、アモンが帰ってこないことを理由にしっとりねっとり時間をかけてリリスに触れるのだ。

「なんで、こういうときに限って兄さんは帰ってこなかったのよ」

彼に責任はないとわかっていても、つい愚痴《ぐち》りたくなる。

しかしすぐに不毛だと気づき、リリスは痛む身体でベッドから下りる。

寝ている間に拭き清められたのか汚れはないが、毛布の下から現れた太ももには赤い痕が散っている。

嫌な予感がして鏡の前に立つと、痕はひとつやふたつではなかった。

(そ、そういえば昨日、たくさん口づけされたかも……)

サマエルがやけに満足そうに微笑んでいたが、あれはきっと痕を残してご満悦だったからだろう。

(でも、ちょっとつけすぎよね……)

などと思いつつも、胸に残った痕に触れながら、リリスは思わず微笑んでしまう。

（昔のサマエルだったら、絶対にあり得なかっただろうな）

過保護が行きすぎて、リリスが怪我をするたび「あなたを守れなかった」と絶望していたサマエルである。小さな切り傷はもちろん、軽い痣ができることさえ受け入れられず、その原因が自分にある場合の落ち込み方は半端なかった。

あの当時のままなら、こうした痕をつけることすら躊躇っただろう。

（でもつけてくれたってことは、庇護欲より独占欲とかのほうが勝ったのかしら）

だとしたら嬉しいと思いながら、リリスはサマエルがつけた痕を撫でる。

「服を着ないと風邪を引きますよ」

「ッ――――!?」

突然背後に現れたサマエルに、リリスは声にならない悲鳴を上げる。

てっきり朝食でも作りに行ったのかと思い、完全に油断していたリリスは全裸のままだ。

その上ニヤニヤしながら口づけの痕を触っていたなんて、あまりに恥ずかしすぎる。

「ま、また壁を抜けてきたの!?」

「起きた気配がしたのに、部屋から出てこないのが気になりまして」

「せめてノックくらいして」

「でもしたら、こんな可愛い姿は見せてくれなかったでしょ？」

言いながら、サマエルが背後からリリスを抱き締める。

そして肩口に唇を押し当て、彼は音を立てて肌を吸い上げた。

「ッ……また……」

「こうされるの、好きでしょう？」

「でも首は……隠せないし……」

「隠す必要などないでしょう」

「兄さんに見られるわ」

「あれはキスマークなんて気にしませんよ」

でもリリスは気にするのだと言いたかったが、肩の後ろにも更に痕をつけられてしまう。

途端にゾクゾクとした快感が走り、リリスは僅かに身体を震わせる。

はしたない声をこぼすのはこらえたが、ふと前を見れば鏡に映る顔はすでに蕩《とろ》けきっている。恥ずかしさのあまり顔を背けるが、サマエルの指がリリスの顎を掴みそっと前に向かせる。

「美しく、可愛らしい顔だと思いませんか？」

「む、むしろはしたなくて恥ずかしいわ……」

「恥ずかしがる必要なんてありません、快楽に染まるあなたはこの世の何よりも綺麗だ」

「……ッ……だめ……」

気がつけば、サマエルはもう片方の手でリリスの秘裂に触れていた。慌てて太ももを閉じるものの、彼の指先はすでに花芽を探り当てた後だ。

「……やぁ、そこは……」

指先で芽を押しつぶされると、途端に花弁から蜜がこぼれ出す。それに合わせて蕩けていく自分の表情に羞恥を覚えるが、顔を逸らすことをサマエルは許してくれない。

「ぁ…見たく…ない……」

「なぜです。恥じることなどない、愛らしい顔ですよ？」

「でも……ッ。あっ……」

「ほら見てリリス。可愛らしい声をこぼす唇も、蕩ける眼差しも、淫らで本当に美しい」

鏡に映る淫らな自分と向き合ったまま、サマエルの手によってリリスは身悶える。鏡に映るリリスは、普段とは別人のようだ。涙を滲ませた瞳は熱情に染まり、恥じらいに染まった頬のせいでその表情はいつになく艶やかだった。

もたらされる愉悦を逃がそうと身体を震わせるたび、ささやかな胸が卑猥《ひわい》に揺れる。最後の抵抗として太ももを閉じようとしてみるがうまくいかず、誘うために腰を振っているようにしか見えない。

そして極めつけは、下腹部に刻まれた魔法の刻印だ。従属の魔法の証だとサマエルが言ったそれは、最初のときよりなんだか色が濃くなっているように見える。

そしてリリスが心地よさを感じるたび、そこは熱を持ち僅かに光り輝いているようにも見えた。その光を見ていると頭がぼんやりし、抵抗する気力さえ失われていく。

「サマエル……もう……」

やめてと言いたかったのに、声はねだるような甘さを帯びていく。

「自分が達するところを、見たいですか?」

「ぅ…ッ…それだけは……」

「でもあなたの身体は、それを求めているようですよ?」

ぐちりと音がして、サマエルの指先がリリスの花弁を押し開く。そのままぐっと指を入れられると、リリスの膣が歓喜に悶え震える。

「あッ……なか……だめ……ッ!」

「だめ?　こんなに蕩けきった顔をしているのに?」

見たくないのに、サマエルはリリスが鏡から顔を逸らすことを許さない。

お陰でリリスは乱れきった自分の顔と、蜜を掻き出すサマエルの指から目を背けることができなかった。

「あぅ、ぐちゅぐちゅ……しないで……」

「でももっと奥に、触れてほしいのでしょう?」

「ンッ…奥……奥は、いやぁ……」

入り口を掻き回されるだけで心地いいのに、中を抉られたら本当に達してしまう。その瞬間をこの目で見るのは、あまりに恥ずかしい。

「いじわる、しないで……ッ……」

「意地悪ではありません。ただ、私はあなたの望みを叶えているだけです」

こんなのは望んでいないと言いたいけれど、言葉が出ないのはそれが嘘だと鏡に映る自分の姿が示しているからだ。

(恥ずかしいのに、私……触ってほしいって思ってる……)

もっと深く、奥を抉られ、愉悦を刻み込んでほしい。

はしたない欲望を、鏡に映るリリスの相貌《そうぼう》は雄弁に語っている。

「さあ、素直になりなさい」

隘路を掻き回す指が二本に増やされ、リリスは悲鳴にも似た声を上げる。

指使いは激しさを増し、サマエルは感じる場所を的確に攻め立てた。そのたびにこぼれる愛液によってリリスの太ももは濡れ、ぐちゅぐちゅといやらしい音が響く。

「あっ……いっちゃ……う……ッ」

「いってください。私も、あなたが果てる瞬間を見たい」

耳元で甘く囁いてから、サマエルは鏡越しに視線を絡ませてくる。興奮すると悪魔の本性が現れるのか、彼の虹彩は紅く変化し、白目の部分は闇を流し込んだように真っ黒だ。

美しく、しかし恐ろしい眼差しだったが、リリスは彼の目を見るたび恐怖より喜びを感じてしまう。

自分の姿を見ることで、サマエルもまた興奮している。そのことが嬉しくて、いつしかリリスは愛する悪魔の愛撫に身を委ねていた。

「あっ……きちゃう、んああッ――――！」

全身を震わせながら、リリスはサマエルの指によって絶頂を迎える。

それでも攻めはやまず、重なってゆく愉悦にリリスの身体からがっくりと力が抜ける。

「ほら、私に身を預けて」

倒れそうになったリリスを軽々と抱き支え、サマエルが甘く囁いた。

その声につられるように顔を上げれば、待っていたのは甘いキスだ。達したばかりで意識は朦朧としていたけれど。施される口づけにリリスは自然と応える。

優しいキスをされた後、リリスは長いことサマエルに優しく頭を撫でられていた。

お陰で呼吸は整い、意識は少しずつはっきりしていく。

「このまま、もう一度あなたを抱いてもかまいませんか？」

でもサマエルは、ここで終わらせるつもりではなかったらしい。そして彼の懇願に、リリスが嫌と言えるわけもない。

むしろもっとねだるように、リリスはサマエルにもう一度口づけようとする。

「……おい、サマエル！　リリス！　帰っているのか!?」

だがその直後、アモンの声がリリスを現実へと引き戻す。声がしたのは下階からのようだが、彼のことだからいつ魔法で飛んでくるかわからない。

しかしサマエルは我関せずという顔で、キスをしようとしてくる。

「だめ……アモンが来ちゃう！」

「無視すればいい」

「でも、このままじゃ絶対部屋に入ってくるわ」

リリスの言葉に、サマエルはようやく口づけをやめる。

「……確かに、リリスの美しい顔をアモンに晒すのは嫌かもしれません」

「ならとりあえず離れて。すぐ着替えないと、アモンが来ちゃう」

「ならば、お任せを」

言うなりサマエルが指をパチンと鳴らせば、昨日と同じワンピースがリリスの肌を包み込む。それとほぼ同時に、部屋の扉が開かれアモンが顔を出す。

壁を抜けてこないだけマシだが、それでもせめてノックくらいしてほしいと思わずにはいられなかった。

「いたなら返事くらいしろ」

「返事をする間もなく勝手に入ってきたのは兄さんじゃない」

上気した頬を見られないようサマエルの背中に隠れながら、リリスは文句を言う。

隠れているのでアモンの表情は見えないが、彼の声は少し不機嫌そうだ。

「お前ら、いちゃついてただろ」

「いっ……」

「それが何か？」

言い淀むリリスとは裏腹に、サマエルは簡単に認めてしまう。

「あまりやりすぎるなよサマエル。人間の女は壊れやすいから、悪魔のペースで進めると倒れるぞ」

そこで初めて、サマエルは動揺を見せる。そして何かを確認するように、リリスを抱き締めじっと見つめてきた。

「大丈夫ですか？　私のせいで、どこか苦しかったりしますか？」

「そ、それは大丈夫よ」

「でも昨晩、私はあなたの身体を弄り、中に何度も――」

「大丈夫だったら！」

昨晩の痴態を言いふらしかねないと悟り、リリスはサマエルの言葉を遮る。

大声を出すリリスを見てひとまず安心したのか、サマエルの追及は止まった。

「そ、それより、アモンのほうは何をしていたの？　あなたに会いたくて昨日は早く帰ってきたのに、家にいなかったわよね」

「接待だよ。祭りの後、町の有力者やら貴族様やらに会わせられて、朝まで飲まされた」

「意外ね。アモン、その手の接待には絶対顔を出さないのに」

「ちょっと、知りたいことがあってな。それに半分はお前のためだ」

「私？」

「マルリブには暇と金を持て余した奴らが大勢いる。そういう奴らにお前の慈善事業の話をしたら、ぜひ支援したいと食いつかれてな」

「本当に!?」

「お前の活動と評判はこの辺りまで届いていたらしい。挨拶をするなり『妹さんについて教えてくれ』ってせがんでくる奴もいたぞ」

　そして、そういう人たちと会える段取りをアモンはつけてきてくれたようだ。

「ありがとう兄さん！　大好き！」

　喜びのあまりサマエルの背後を飛び出し、リリスは兄に飛びつく。

　そのままぎゅっと抱き締めるはずだったのに、次の瞬間身体が妙な体勢で浮き上がる。

「大好きは、私だけにしてください」

　言うなり、サマエルは魔法でリリスの身体を自分のほうへと引き寄せる。そのままぽすっと腕の中に囚われ、リリスは唖然とした。

「あなたへの好きと、兄さんへの好きは違うわ」

「それでも、嫌です」

言うなりぎゅっと縋りついてくるサマエルは妙に可愛らしくて、リリスの胸がキュンと疼く。そんな彼女の反応を察したのが、アモンが呆れた顔でため息をついた。

「聖女だ女神だと言われている女が、裏では悪魔を手のひらの上で転がしてるなんて知れたら、大事だろうな」

「て、手のひらの上でなんて転がしてないわ」

「転がしてるよ。そいつはもちろん、俺まで人様の『善意』を集める仕事をさせられるとは思わなかった」

「でも素敵なことよ。いいことをしたら死ぬわけじゃないし、兄さんも活動に参加しない？　孤児院とかに行ったら、兄さん人気者になれそうだし」

「俺はガキが嫌いだし、いいことってやつもまっぴらだよ」

とか言いつつ、リリスの活動に協力してくれたのは事実だ。それが嬉しくてニコニコしていると、アモンはそこで突然不敵に笑う。

「それに、俺は何も善意だけで話をつけてやったわけじゃないぜ」

そう言った直後、来客を告げるベルの音が辺りに響く。

「ほら、最初のお客だ」

「お客って、兄さんが話をつけてくれた？」

「ああ。五分刻みで五十人ほど呼んでやった」

「五十人!?」

リリスが唖然とすると、次の瞬間背後でサマエルが不機嫌そうに恨む。

「そんなにいたら、対応だけで一日が終わってしまいます」

「だろうな」

「ここにはデートをするために来たのに、できないじゃないですか」

「それが目的だ」

パチンと指を鳴らし、アモンは意地の悪い高笑いを浮かべた。

「お前が仲良くなったのはいいが、最近はイチャイチャしすぎて腹が立ってたんだ」

「もしかして、その腹いせなの……？」

リリスの言葉に返事はないが、楽しげな表情を見る限り彼女の考えは当たっていそうだ。

(優しいけど、こういう意地悪するところはやっぱり悪魔よね)

ただそれでも、人の生き死にに関わらない意地悪ならいいかと思ってしまうあたり、リリスは悪魔との生活に毒されている。

そうこうしているうちにもう一度ベルが鳴らされ、リリスは慌ててサマエルの腕から飛び出した。

「と、ともかく対応しなきゃ。サマエル、申し訳ないけどお茶の用意をお願いしてもいい？」

「……わかりました」

明らかに不満そうだが、リリスが慈善事業に入れ込んでいることを知っているせいか、客を追い返すようなことはしないようだ。

「あとそうだ、実は兄さんに見せたいものがあって……」

アモンに会ったら相談しようと思っていたことを思い出し、リリスは持ち帰った本を彼に手渡す。

だがアモンはそれを見ても表情ひとつ変えなかった。

「グリモアだな」

「知っているの？」

「最近帝都で出回っているものだ。悪魔絡みの本だが、お前が気にするようなものじゃない。軍部も一応捜査をしているし、この本のことは忘れろ」

「でも……」

アモンは涼しい顔のままだが、リリスはどうしても気になってしまうのだ。

けれどそれを主張するより早く、アモンが意地悪な笑みを向けてくる。

「それに、お前はもっと別のことを気にしたほうがいい」

「別のこと？」

「悪魔に噛《か》みつかれた痕が、いっぱい残ってるぞ」

兄の言葉に、リリスは小さく悲鳴を上げる。服で隠せない場所にも、痕は残っていたらしい。

「サ、サマエル……服も変えてもらっていい？」

「全部隠せるのは冬用のドレスしかありませんが、いいですか？」

今は初夏、熱さで倒れるかもしれないと思いつつも、リリスは頷くほかなかった。

そうして慌ただしい一日が始まり、リリスの頭からはグリモアへの不安がいつしか抜け落ちていた。


（うぅ、悪魔の嫌がらせ……ちょっと甘く見てたかも……）

次々とやってくる客たちの対応を続けること五時間。熱さと疲労でクタクタになりながら、なんとか四十八人の対応をリリスは終えた。

五分置きという過密すぎるスケジュールにもちろん対応しきれるはずもなく、途中からは数人いっぺんに対応することになってしまい胃が痛んだが、慈善事業に興味があるというだけあって客たちの多くは寛容だった。

しかし残念ながら、中には別の目的で屋敷を訪れる者もおり、今も少々厄介なことになっている。

「リリスさんは十八でしたよね？　ご結婚はなさらないのですか？」

挨拶も早々にぶしつけな質問をしてきたのは四十九人目の来客だ。まだ若い男爵らしく、妙に距離が近い。

握手のために差し出した手を放す気配もなく、それどころか指先で手の甲をさすってくる始末だ。かといって思い切り手を振り払うわけにもいかず、愛想笑いで「ええまあ……」と答えれば、男爵の目が輝く。

「でしたら私と――」

『リリスに汚い手で触れるな！』

男が言葉を言い終わる間もなく、恐ろしい悪魔の声が響く。その直後、男爵が見えない力で弾き飛ばされた。

そのまま派手に転がっていく身体を見て、リリスは頭を抱えた。

「ら、乱暴はだめって言ったでしょ！」

「ですが、この男は卑《いや》しい手つきでリリスに触れました」

気がつけば、サマエルが恐ろしい顔ですぐ隣に立っている。

彼を落ち着かせるが、男が無遠慮に触ってきたのは事実だったので、リリスは何も言えない。それに正直、この展開をほんの少しだけ期待してしまった自分もいる。

（若い男の人って、みんなこうなのかしら……）

なにせ今日だけで十人ほど、明らかにリリス目当てと思われる若い男に彼女は言い寄られていたのだ。それもかなりの熱量で迫ってくる者ばかりなのである。

一人二人ならまだしも、この数はさすがにおかしい。

そう思って客たちに探りを入れたところ、一部の貴族たちの間でリリスに関する噂が妙な形で一人歩きしていることがわかった。

どうやらリリスのことを『自分の幸せよりも人の幸せを優先する純粋無垢で清らかな乙女』――と吹聴する記事が先月から増えているらしい。

サマエルのせいで限られた人としか接触してこなかったこともあり、『か弱く病弱なので結婚相手がいない』という謎の尾ひれまでついている有様だ。

若い男性貴族を中心に一目会ってみたい、中には「この自分が娶《めと》ってやろう」と上から目線で考える者も多いと聞かされたときは、リリスは本気で頭を抱えた。

リリス目当てでない貴族たちでさえ「噂に違わぬ清らかなお嬢さんだ」などと言ってくるので、更に居たたまれない。

（清らかどころか悪魔に恋をしているし、世が世なら悪女扱いされただろうに……）

リリスの気持ちを知らない来客からの賛辞はやまず、中には会うなり口説いてくる者までいる。

そして行きすぎた接触を行った者は、問答無用でサマエルに叩きのめされていた。

「本当に、みんな噂に惑わされすぎよね。顔を見れば、それほど美しくもないってわかりそうなものなのに」

「いいえ、リリスは美しいです」

「サマエルは目がおかしいのよ」

「おかしいのはリリスです。あなたは美しく、可愛く、男だったら欲しいと思わずにはいられない女性だ。その上、人間は善行を重ねる存在に惹かれる性質もある」

「でも慈善活動なんて、貴族の令嬢ならみんなやっているわ……」

サマエルと彼の貯めたお金があるので、ほかの令嬢たちより少し規模は大きいが、貧しい者を助けるのは貴族の務めだし珍しいことではない。

だから自分だけ特別だと言われてもリリスは納得できないが、サマエルはそうは思っていないようだ。魔法で男を屋敷の外に放り出してから、彼女の身体をぎゅっと抱き締める。

「あなたはもう少し自分の価値に気づいてください。悪魔をも魅了するあなたが、人間から嫌われるわけがない」

「でも私が好きなのはあなただけよ？」

リリスの言葉にサマエルの身体から少し力が抜ける。しかし完全に安心したわけではなく、彼の表情はまだ少し強張っていた。

「そんな顔をしないで、私は本当に――」

改めて愛の告白をしようと思ったのに、そこで来客を告げるベルが鳴る。

途端に敵を威嚇する犬のように、サマエルは警戒心を剝き出しにする。

「と、とりあえず落ち着いて。今度はきっとまともな人だろうし、サマエルはお茶を淹《い》れてきて」

「むしろ私が先に出て、追い出しましょうか」

「追い出すのはだめよ。事業に寄付をくれる方かもしれないもの」

今のサマエルは何をしでかすかわからない気配を醸し出しているから、応対を任せることなどできはしない。

「出迎えは私がやるから飲み物を淹《い》れてくれない。とても熱いから、冷たい飲み物が欲しいの」

「あなたが、そう望むのなら」

渋々ではあったが、キッチンに消えていくサマエルにとりあえずほっとする。

それから急いで玄関に向かい、リリスは扉を開けた。

「お待たせしてしまい、本当に申し訳ありません」

扉を開けて謝罪をすると、玄関に立っていたのは若くて美しい男だった。

リリス本人が扉を開けて出迎えるとは思っていなかったのか、彼は驚いた顔で彼女を見ている。

こちらに向けられた紫色の瞳に自然と引き寄せられ、リリスは男と見つめ合う。

（あれ、この人どこかで……）

なぜだか、リリスは彼を知っている気がした。どこで会ったのだろうかと記憶を探っていると、そこで突然男の顔が泣きそうに歪んだ。

「ベアトリーチェ……」

若い男が、震える声で女の名前を呼ぶ。それはリリスの名ではないのになぜだか懐かしい気がして、彼女は否定の言葉を紡げなかった。

「ああ、ようやく会えた……！　僕はずっと、君を探していたんだ！」

言うなり、男がリリスの身体を抱き締める。そこでようやく我に返るが、リリスを抱き締める腕の力は思ったより強く振り払えない。

「ちょ、ちょっと待ってください！」

不思議と嫌悪感はなかったが、この状態は非常にまずい。とくにサマエルに見られたらとてもまずい。そう思って男を押しのけようとしていると、背後でガシャンと茶器が割れる音がした。恐る恐る振り返ると、足下にグラスを落としたまま、サマエルが立ち尽くしている。

『……貴様』

今日見た中で一番の憎悪を顔に貼り付け、サマエルが男に向かって腕を突き出す。怒りのあまり悪魔の本性を隠しきれなくなったのか、目は悪魔のものへと変わっている。

その姿を見た男が目を見張った瞬間、リリスに縋りついていた身体が引き剝がされ、側の壁に派手に打ちつけられた。

『――ッ、これは……！』

だがそこで、奇妙なことが起きた。

男と同じように、サマエルの身体もまた突然弾き飛ばされ、側の壁に激突したのだ。

「サマエル！」

咄嗟にサマエルに駆け寄り、リリスはその側に膝をつく。

彼もまた、信じられないという顔で自分の身体を見つめている。

その額から血が流れていることに気づき、リリスはぞっとした。

今の今まで、サマエルが怪我をしたところなんて、見たことがなかったのだ。

「……そうか、あなたも悪魔を使役しているんだね」

そんなとき、誰よりも先に口を開いたのはリリスから引き剝がされた男だった。

気絶してもおかしくない衝撃だったのに、男は何事もなかったかのように立ち上がる。

男の動きに、サマエルがリリスを庇うように前に出た。

翼まで生やした姿は悪魔そのものだったが、男が驚く気配はない。

それどころかサマエルとリリスを交互に見つめ、嬉しそうな微笑みを浮かべていた。

「安心して。僕はあなたたちに危害は加えない」

『その証拠は？』

悪魔の声に怯えることもなく、男は恭《うやうや》しく礼をする。

「私の名前は『ルドルフ＝ヴェネ』そこにいるお嬢さんの……本当の兄なんだ」

男――ルドルフの言葉に、リリスは戸惑った。

あり得ないと言いかけるが、ルドルフににっこりと微笑みかけられた途端、赤子だった頃の記憶が蘇る。

おぼろげだが、サマエルと再会するほんの少し前、リリスはルドルフと同じ目をした少年と出会っていた。

彼は泣き叫び、リリスに縋りつきながら父らしき男を睨んでいた。

そして彼は確かこう言っていた。『妹を、悪魔に差し出さないで』と、悲嘆に暮れる声で。

「ルドルフ、お兄様なの……？」

兄の言葉が蘇ると共に、自然と言葉がこぼれ落ちる。

それにルドルフは破顔し、サマエルはどこか忌々しそうな顔をした。

「この男は、あなたの兄ではありません」

「でも私、彼を覚えているの」

「……記憶があるのですか？」

サマエルが怪訝そうに尋ねる。

「微かだけど、ルドルフさんによく似た子を見た記憶があるの。それに彼の名前にも覚えがある気がするわ」

そこでリリスは、昨日怪しい男が口にしていた名を思い出す。

（もしかして、あれはお兄様のこと？）

悪魔の存在を知っているようだし、少なくとも関わり合いがあるのは間違いないという気がする。

そんな予感と共に、リリスのうちに芽生えたのは懐かしさではなく不安だった。

（もしあの男と関わり合いがあるのなら、お兄様のことはあまり信用しないほうがいい気がする）

記憶や血の繋がりがあったとしても、ルドルフとは赤の他人にも等しい関係だ。それに何より、彼にはサマエルの正体を知られてしまった。その上、悪魔の力があまり効かないのなら警戒したほうがいいと、リリスは即座に判断する。

だからこそ彼女は不信感を顔に出さず、あえて微笑みを向けた。

「もしあなたが本当にお兄様なら、会えて嬉しいわ」

リリスの言葉に、ルドルフは破顔する。

そして二人が握手を交わすと、ようやくサマエルが悪魔の姿を人のものへと変える。しかしその顔は明らかに不満げだった。

ルドルフを警戒するならまずは相手の出方を見たほうがいいとリリスは思うが、悪魔であるサマエルはその手の駆け引きが苦手だ。顔には今すぐ殺してやりたいという感情が、ありありと浮かんでいる。

（今攻撃をするのは、絶対得策じゃない……）

リリスは彼を押さえるように彼の腕をそっと摑んだ。しかしサマエルは、自分が危険であることに気づいていない。

「この男は、信用すべきではない」

もしくは気づいていながら、ルドルフをリリスに近付けたくないという感情を優先している気がする。

だからリリスはサマエルを落ち着かせようと腕を撫で、そっと声を抑えた。

「とにかく話を聞いてみたいの。だからアモンを魔法で呼んでくれる？　あと、彼に悪魔であることがバレないように気をつけてと助言して」

二人が魔法で会話ができると知っているリリスは、サマエルにだけ聞こえる声でそう告げた。彼が同意するのを確認してから、リリスはルドルフに笑顔を向ける。

「私、本当の家族や故郷のことを何も知らないんです。だから、色々と教えてもらえませんか？」

リリスの言葉に、ルドルフは笑顔で頷いた。

さりげなく距離を詰めてくる彼にサマエルが手を出しませんようにと祈りながら、リリスは初めて自分の出自と向き合うことになったのだった。

◇◇◇　◇◇◇

大陸の北の果てに、かつて『ノルテ』と呼ばれる国があった。

小さなその国には古の秘術が伝わっており、王はそれを用いて国を富ませてきたという。

その秘術とは、悪魔を呼び出し使役する魔法である。

王家は代々その血に悪魔の血を入れ、魔力を濃くしてきた。その魔力とグリモアと呼ばれる魔法の書を駆使し、呼び出した悪魔たちを利用してきたのである。

しかし悪魔はその数を次第に減らし、王家の力と権威は次第に衰えていった。

そんな矢先に王になったのが、リリスとルドルフの父だった。

すでに失墜しかけていた王の地位を回復させるため、父は悪魔の召喚にのめり込んでいた。そして彼はある日、呼び出すことが禁止されていた悪魔の王『サタン』を呼び出そうと試みた。しかし儀式は失敗し、父は王城ごと消失。それをきっかけに国はバラバラになり、地図からもその存在は消え果てた。

――それが、ルドルフの語るリリスの故郷の話であった。

「そんな国が、私の故郷……」

「そうです。あなたはノルテの姫……それも悲劇の姫だった」

「悲劇？」

「父は、悪魔の王を呼び出す贄《にえ》としてあなたを利用したんです。子供に関心がない母もそれを止めず、あなたは儀式に利用された」

「でも私は、生きているわ」

「……召喚の夜に何が起こったかは定かではありませんが、あなたが生きているということはたぶん失敗したのでしょう」

そしてそれが原因で、すでに傾いていた国では内乱が起き、結局滅んでしまったのだとルドルフは話を結んだ。

話が終わっても、リリスはそれが自分のことだと思えなかった。

断片的な記憶はあるが、悪魔の王を見た記憶はないし、贄にされた儀式に関することもあまり思い出せないのだ。

そのせいで、自分についての話なのにまるでおとぎ話を聞かされているような気分だ。

（でも仕方ないわよね。私にとっては、前世の記憶のほうがはっきりしているくらいだし）

生まれ変わりを体験している時点で自分もおとぎ話の住人のようなものだが、前世があるからこそ、リリスは現世の自分とその素性にあまり関心がなかった。

自分を捨てた両親のことを知りたいと思ったこともなかったから、突然示された過去にも戸惑うことしかできない。

そのせいで反応に困っているリリスの気持ちを察したのか、話を終えたルドルフに先に声をかけたのはアモンだった。

「……つまり、私の妹はその生け贄の姫だと？」

察しのいい彼は悪魔の表情を巧みに隠し、人間らしく振る舞っている。

「リリスさんと妹は容姿も魔力もそっくりですし、間違いありません。生存を信じてずっと探していましたが、まさかここで出会えるなんて……」

感激に震える声で告げるルドルフの眼差しを見る限り、嘘を言っているようには見えない。本当に、彼は長いことリリスを探していたのだろう。

「しかし私には、彼女が実の妹だという記憶がある」

「そこにいる悪魔があなたの記憶を魔法で変えてしまったのでしょう」

「我が友が悪魔だと？」

「ええ。間違いありません」

「にわかには信じられないな。これは、悪魔にしては愚かで臆病者だ」

「悪魔は人の感情をも変える。あなたはきっと彼に悪意を持たないように心を操られているんです」

アモンは怪訝な顔を作り、小さく唸る。

その表情を、ルドルフは完全に信じたようだった。

「しかしご安心ください。悪魔の様子を見ると彼はベアトリーチェ……いやリリスさんが無意識に使役しているのでしょう。悪魔があなたを騙《だま》したのも妹を守るが故、アモンさんがリリスさんを庇護している限り危害を加えたりはしないはず」

「それを聞いて少し安心しました。もし本当に彼が悪魔だというなら、本当に恐ろしい」

小さく震えてみせるアモンを見て、全てが演技だと知っているサマエルがうんざりした顔をする。そんな彼を慌てて小突き、リリスはあなたも演技をしてと目で訴えかける。

「……まあ、概ねそんな感じですね」

とりあえず話を合わせたサマエルに、リリスはほっとする。

そんなリリスに、ルドルフが視線を向ける。

「その悪魔とは、もう長いのですか？」

「物心ついたときにはすでに一緒だったわ。確か、森に捨てられていた私を拾ってくれたのよね？」

リリスの言葉に、サマエルは頷く。

「リリスが持つ美しい魂に惹かれ、私が拾い育てることにしました。そうしているうちにうっかり主従の契約を結んでしまいまして、以来ずっと彼女の側にいます」

うっかりではなかったが、まあそれくらいの嘘なら許容範囲だろう。

それに契約のことを除けば、彼の話はほぼ真実だ。実際リリスがサマエルに拾われたのは嘘ではない。

誰もいない場所に一人置き去りにされたリリスをサマエルがタイミングよく見つけ、そのまま一緒に暮らすようになったのが現世での二人の出会いなのだ。

「サマエルに拾われて、私はある意味運がよかったのね」

「私ほど、あなたを大切に育て慈しむ悪魔はほかにいませんからね」

さりげなく自慢をはさんでくるサマエルに苦笑しながら、リリスはそこでふとあることに気づく。

「……でも私の父が呼び出したっていう悪魔はどうなったのかしら」

リリスが疑問を口にすると、ルドルフは「わからない」と首を振る。

すると代わりに、サマエルがうんざりした顔で口を開いた。

「そもそもサタンなんて悪魔はいません。悪魔はみな自由に生きるため、王などいない」

「でも城が燃えたってことは、悪魔は現れたんでしょう？」

「逆に現れなかったのでは？　いもしない悪魔を召喚したことで魔法が崩壊し、それが破壊の魔法に転じたとも考えられる」

「そんなことがあり得るの？」

「ルドルフを見ている限り、ノルテの王族が魔力を持っているのは事実でしょう。魔力持ちが間違った魔法を使うことで暴走が起きることは多々あります」

「ならば父は、その暴走でなくなったと？」

ルドルフの問いかけに、サマエルは頷いた。

「どちらにしろ死んでよかったですね。リリスを贄にしようだなんて、ろくな父親じゃない」

「そこは僕も同感です。あんな奴は、死んで当然だった」

冷え冷えとした声に、リリスの首筋がぞくりと震える。

しかしサマエルとアモンは、ルドルフの言葉にそれぞれ笑みをこぼしていた。悪魔というのは残酷な考えや感情を好むのだ。

（でも悪魔に喜ばれるほど本気の言葉だったとしたら、やっぱりこの人……少し怖い……）

記憶の中で、ルドルフはリリスを助けようとしてくれていた。そして今も、彼はリリスに好意を向けてくれる。

嘘はなさそうだが、優しい顔の裏には恐ろしい一面が隠れている気がしてならなかった。

「何はともあれ、アモンさんも……そして悪魔のサマエルにも、お礼を言わねばなりませんね。妹を守り、育てていただき本当にありがとうございます」

「俺はともかく、そっちの悪魔にまで礼を言うなんて律儀だな」

「契約さえ結んでしまえば、悪魔は恐ろしいものではありません。むしろ我々の友であり、親しい隣人であり——便利な道具でもある」

道具と言われて、サマエルは明らかに機嫌が悪くなった。きっとアモンも同じはずだが、彼はまったく表情を変えない。

「便利な道具か……。それが本当なら、私も悪魔が欲しいくらいだ」

「望むならご用意いたしましょうか？」

なんてことのないような声で言うルドルフに、リリスはもちろんアモンもまた驚く。

「ずいぶん簡単に言うな」

「国は途絶えましたが、王家の秘術はこの手にあるのです」

「つまり、君は悪魔を呼び出せると？」

「ええ。そして今、悪魔を作り出す研究も行っています」

そこでルドルフは、アモンに美しい笑みを向ける。

「今日も、実はその研究についてご相談するために来たんです。リリスさんの慈善事業に興味があるというのは建前で、本当は軍師である『アモン＝ウィーラー』との繋がりが欲しかったんです」

「見かけによらず、強《したた》かな御仁だな」

「そうでもしなければ、失くしたものは取り戻せません」

「その口ぶりだと、君の望みは国の復興か？」

「ええ。そして、今度こそそこで妹と幸せに暮らしたい」

ルドルフに笑顔を向けられ、リリスは言葉に詰まる。そんな彼女に代わり、サマエルが不満そうな呻き声を漏らした。

「リリスは渡しません」

「あなたから引き剝がすつもりはありませんよ。あなたは妹の優秀な犬みたいですし、側に置いておく価値もありそうだ」

それに……と、ルドルフは不敵に笑う。

「従属の魔法がかかっているなら、あなたはリリスさんの望みを拒めない。彼女が僕と暮らしたいと望めば、あなたは拒絶できないし従うほかない」

「リリスはそんなこと望みません」

「望みますよ。だって僕たちは家族だ」

ルドルフは平然と言い切った。

しかしその自信が、リリスには少し不快だった。会ったばかりなのに、彼はリリスが自分を愛し選ぶことを欠片も疑っていない。自分が望めばリリスは従うと信じて疑わない態度を見ていると、なんだか所有物扱いされている気分になった。

とはいえそれを顔に出すわけにもいかず、表向きは笑顔でルドルフに同意する。

「……そうね、いずれそうするのも悪くないかもしれないわ」

「まさか、本気ですか……?」

サマエルの言葉は驚きと悲しみに満ちていて、リリスは嘘だと言いたくなる。

でもそれよりも早く、アモンがサマエルの肩を摑んだ。

「私もリリスの考えを支持する。だから、そう怒るな」

「でもアモン、あなたはリリスの兄でしょう!」

「俺はお前が作った偽物だ。本物がいるなら、お役御免だろう」

その言葉と共に、たぶんアモンはサマエルの心に何か語りかけたのだろう。お陰で彼は渋々引き下がる。

「……わかりました、リリスが望むなら何も言いません」

サマエルがふてくされると、ルドルフが僅かに目を細めた。

「本当に従順な悪魔だ。リリスさん、君がここまで躾けたのかい?」

「そ、そんなんじゃないです」

「ではとても強い魔法で縛っているとか？」

「いいえ。ただ信頼を重ねただけ」

妙な言い回しに引っかかりを覚えつつ、そこはきっぱりと否定する。サマエルを無理やり虐げているような台詞は嘘でも言いたくなかった。

「信頼……か。確かにそれは重要な要素だね」

穏やかに笑ってから、ルドルフはリリスの手をそっと持ち上げる。

「リリスさん、ぜひ僕とも信頼を築いてほしい。君とは、これから仲良くしていきたいし、まずは一緒に時間を過ごしたい」

ルドルフの一挙一動にサマエルがあからさまに嫌な顔をしている。一方アモンのほうは同意しろと目で訴えている。

リリスの気持ちとしてはサマエルに近いが、ここは頷くほかない。

「そうね、私もお兄様のことをもっと知りたい」

途端に、ルドルフの表情と言葉が無邪気に解れる。

「なら僕の屋敷でしばらく一緒に過ごさない？　ここよりは狭いが、この町の反対側に家があるんだ」

「……そこは、安全なんでしょうね？」

サマエルが睨みながら口をはさんだが、ルドルフはまったく動じない。

「もちろんだよ。周りを僕の信者たちが守っているし、たとえ危険でも、君がリリスさんを守るのだから問題ないだろう？」

「当たり前です。彼女の安全は、私が死守します」

「なら行こうよ。それでも不安なら、アモンさんも一緒に来ていただこう」

彼にも話があるとルドルフが言えば、一同は頷くほかない。

いいように誘導されている気がして不安もあったが、リリスにもまた彼のことを知りたいという気持ちはある。

（この人、何か絶対隠している）

そしてそれが悪魔絡みのことなら、放っておいてはいけない気がする。そんな予感を抱きながら、リリスたちはルドルフの屋敷に滞在することを決めたのだった。

第六章

　サマエルとアモンの屋敷より狭いと言っていたルドルフの屋敷は、町外れにある森の中に建っていた。

　確かに屋敷自体は小さいが、この辺り一面が彼の私有地らしく離れが四つもあり内装も豪華で、見るからに高そうな調度品が置かれている。それらはもともとノルテ国の王城にあったものだとルドルフは得意げに話していた。

「国を追われた後、悪魔の力を借りながら武器商人として財を築いたんだ。その後、奪われた私財を少しずつ取り戻し、ここに集めているんだよ」

　そう言って、ルドルフは両親が集めていたという絵画や彫刻のコレクションをリリスに見せる。ルドルフの手前、両親の形見に表向きは感激してみせたが、幼い頃の記憶などほとんどないリリスにとってそれらは心惹かれるものではない。

むしろ悪魔を信仰していただけあって、両親のコレクションはどこかおどろおどろしい。本物の悪魔を見慣れているリリスでも、正直少し気味が悪いと思うものばかりだった。

調度品を眺めつつ国の歴史と両親の話を聞かされた後、ルドルフはリリスを離れのひとつに案内してくれた。

「もし妹が生きていてくれたらと思い、用意していた部屋なんだ」

案内された部屋は今のリリスが使うには幼すぎる内装の部屋だったが、少なくとも不気味な置物はない。

それにほっとしたリリスは「疲れたから少し休みたい」と願い出た。

その間ルドルフはアモンとビジネスの話がしたいと言い出したので、リリスはサマエルと二人で残される形になる。

(……わかっていたけど、サマエルものすごく拗ねてる)

普段ならすぐくっついてくるサマエルなのに、今日は部屋の隅で悲愴感を纏いながら膝を抱えている。それもこちらに背まで向けている。子供かとツッコミたくなるが、直情的な彼は不満があるとすぐ部屋の隅でいじけるのだ。

だからリリスも彼の側に行き、その隣にしゃがみ込む。

「こんなところに座ったら、スカートが汚れます」

「でも今は、側にいたい気分なの」

そう言って肩に寄りかかれば、サマエルがリリスの身体を抱き寄せる。

「私は、今とても怒っています」

「うん」

「とてもどころか、ものすごく怒っています。こんなにも腹が立つのは初めてだと驚くくらいに」

サマエルの顔を覗き見れば、怒りと戸惑いが確かに見て取れる。

だからリリスは彼の頬にそっと触れ、耳元で「ごめんね」と謝罪の言葉を紡いだ。

「サマエルが嫌なのはわかっていたけど、ルドルフを放っておけなくて」

「なぜです？　リリスは今まで、本当の家族のことを知ろうとさえしなかったでしょう。私とアモンがいればいいと、それればかりだったのに……なぜ……」

寂しさの混じった声に、リリスは慌てて彼を抱き寄せる。

「今も同じ気持ちよ。私の家族は二人だけだし、それはこれからも変わらないわ」

サマエルを慰めるために、リリスは彼に本心を伝える。

ルドルフに笑顔を向けたのは、サマエルが傷つく可能性があったからだと言えば、彼はひとまず怒気を収めた。

だがやはり、彼は釈然としない顔をしている。

「でも、あなたは躊躇いもなくあいつに触れた。嘘でも笑って抱き締めて、それが私はどうしても許せない。だってあなたは、私のものなのに……！」

苦しそうに胸を掻きむしり、サマエルはリリスを睨む。

それは、サマエルがリリスに初めて向けた嫌悪だった。その大きさに息を呑めば、サマエルはリリスの肩を痛いほどの力で摑む。

「サマエル、お願いだから落ち着いて……！」

痛みをこらえながら告げると、そこでサマエルははっと我に返り腕を放す。

そこで彼は絶望を顔に貼り付け、項垂れた。

それが見ていられなくて、リリスはサマエルを更に強く抱き締める。

「本当にあなただけよ」

「……わかっています。ただ、あなたに悪気はないと理解していてもなお、苦しい心をどうすればいいのかがわからないんです」

リリスの胸に顔を埋《う》めながら、サマエルは苦しげに呻く。

彼がここまで辛そうなのは初めてで、リリスもまた戸惑う。

なぜ彼はこんなにも動揺しているのかと考えたとき、サマエルがまるで汚れでも払うようにリリスの肩を擦り始めた。

「ど、どうしたの？」

「あの男の匂いがするから、消しています」

擦っても匂いは消えないのではと考えたところで、リリスは彼が苦しんでいる原因にようやく気がついた。

「もしかして、嫉妬しているの？」

「しっと、とは？」

返ってきた声はどこか間が抜けていたが、それ以外に考えられなかった。

ルドルフだけでなく、今日のサマエルは他人に厳しかった。口説いてくる相手に容赦がなかったし、人畜無害な客人にも油断のない眼差しを向けていた。

彼がリリスから男性を遠ざけようとするのはいつものことだし、彼がそうするのは「男は危険だから」という考えに由来するものだったはずだ。

でもたぶん、今日はそれだけではなかったのだ。

「サマエルは、私が誰かに近付くのが嫌……なのよね？」

「はい。ものすごく嫌です」

「私を独占したいとか、そういう気持ちもある？」

「もちろんです。だってあなたは私のものだ」

「そういう気持ちを、嫉妬って呼ぶの。好きな相手を自分のものにしたいとか、自分のことだけ考えていてほしいとか、そういう気持ちのことよ」

「……ええ、まさしくそんな気持ちです」

「なら、それは消さなくていい。むしろ持っていてくれると、私は嬉しいの」

リリスが笑うと、サマエルはひどく驚いた顔をする。

「これは、嬉しいことなのですか？　とても気分が悪くなる感情なのに？」

「だってそれは、好意の裏返しだもの。好きな気持ちが強いほど、嫉妬心は募るの」

「好意と結びつく感情だなんて信じられません。だってこれは、油断をするとあなたさえ傷つけてしまいそうだ……」

さっきも強く肩を掴んでしまったと、サマエルは項垂れる。

「好きな気持ちって、とても危ういものなのよ。綺麗なものじゃないし、醜いし、だから私もいつも苦労してる」

「あなたはいつも綺麗です。醜くなどない」

「心の中は醜いわ。……現に今だって、血の繋がった兄と感動の再会を果たしたのに、まったく喜んでいないし」

それどころか、リリスの中には疑念ばかりが膨らんでいる。それが晴れたとしても、きっと彼女は彼を家族として見られない予感もあった。

リリスにとって一番大事なのはサマエルだ。そして彼が与えてくれた居場所や、アモンを含めた今の家族こそが宝なのだ。それを覆すことなど、本当の兄でさえできはしない。

「あの男と、家族になりたいのだとばかり……」

「だってあの人、とても胡散臭《うさんくさ》いわ。それに悪魔を物扱いするし、いずれサマエルたちを傷つけそうで怖いくらい」

「ならなぜ近付いたんです」

「怖いからこそよ。昔、ある司祭様に言われたの。『恐怖を感じたときは、その姿をよく見て確かめなさい。恐怖に目を曇らせれば判断を誤り前に進めなくなる』って」

「恐ろしいものほど確かめるだなんて、悪魔には理解できない考え方です」

「それはきっと、悪魔には怖いものがないからよ。でも人間はすぐ色々なものを恐れてしまうから、日々恐怖を克服して前に進むの」

「あなたもそうしているのですか？」

「そうしたいと思ってる。ただ、いつもいつもできるわけじゃないけど……」

特にサマエルが絡むと、リリスはすぐ勇気を失ってしまう。

そんな自分に情けなさを覚えつつも、リリスはサマエルを安心させるようにもう一度彼の瞳を覗き込む。

「それにね、私はあなたが思っているほど美しくない。本当の家族愛なんかいらないし、あなたとの時間を守るためなら肉親だってきっと裏切ると思うわ」

「なんだか、まるで悪魔のような台詞ですね」

「いっそ、悪魔になりたいって思うこともあるわ。そうすれば、サマエルとずっと一緒にいられるのにって」

そしてそんなことを考えてしまうくらい、リリスはサマエルを愛している。

彼への想いを伝えるために口づけると、ようやく強張っていたサマエルの身体が解れ始めた。少しずつではあるが、リリスの気持ちや考えを彼は理解し始めているらしい。

だから彼の理解が進むように、彼女は言葉を更に重ねる。

「私は愚かで、あなたが大好きなの。だから愛情の裏返しである嫉妬心も、嬉しいって感じるの」

「ならばこの気持ちを持ったまま、あなたの側にいてもいいのでしょうか？」

「ええ。でもルドルフに殴りかかるのはもう少しだけ我慢してね、あの人……なんだか嫌な気配がするから」

「わかりました。アモンにも魔法で再三『我慢しろ』と言われましたし、八つ裂きにするのは心の中だけにしておきます」

大真面目に頷くサマエルに、リリスは吹き出す。その表情を見てようやく安堵したのか、いつもの甘い表情でサマエルはすり寄ってくる。

「少しは安心できた？」

「はい。でも、もっと安心したいです」

言うなり口づけられたかと思うと、サマエルはリリスを抱えながら立ち上がる。

まさかまた……と不安と期待を抱いた次の瞬間、リリスが運び込まれたのは浴室だった。

「え……こっち？」

「こっち、とは？」

ベッドに運ばれると思っていたとも言えず、まごつくリリスのワンピースにサマエルが手をかける。

「あの男の匂いが消えないので、洗って安心したいです」

「そ、そっちなんだ」

ほんのちょっとがっかりしてしまった自分に、リリスは恥ずかしさとやるせなさを抱く。

（私、ちょっとエッチになりすぎているかも……）

などと思いながら項垂れていると、そこでサマエルが耳元に唇を寄せる。

「それが終わったら、リリスの望むこともいっぱいしましょうね」

「の、望むことって？」

「裸ですることとです。リリスはしたくなると、首のこの辺りまで赤くなって項垂れる癖があります」

「そ、そんなこと……ないわ！」

「あります。悪魔の観察眼を甘く見ないでください」

本当に観察眼があるなら、ルドルフとのやりとりでもリリスの本心を汲み取ってほしかったとこっそり思う。

（いやでも、冷静な観察ができないほど、さっきは嫉妬してたってことなのかな……）

そう思うと、なんだかんだ喜んでしまうリリスである。

（サマエル、少しずつだけど私のことちゃんと好きになってくれている気がする）

それが嬉しくて、リリスはついサマエルにされるがままになってしまう。

結局リリスはサマエルの望み通り裸に剝かれ、執拗なほど身体を洗われてしまった。

もちろん愛撫を施され、すっかり蕩けさせられたところで、リリスはベッドの中へと引きずり込まれる。

初めてのときも同じ流れだったが、あのときと違い媚薬はない。お互いに理性もはっきりしているし、ベッドにリリスを横たえるサマエルの眼差しは人のままだ。

「リリス、今すぐあなたと繫がりたくてたまらない」

その言葉がサマエルの本心だとわかることが、嬉しかった。言葉だけでなく、眼差しが、リリスを抱き締める腕の強さが、自分を求めていると教えてくれる。

「嬉しい、けどこんなところでいいのかしら……」

「音が漏れないよう魔法をかけています。それにアモンとルドルフはここと別の建物にいるようなので当分帰ってきませんよ」

絶対大丈夫だと言い切るサマエルに、リリスはそれならばと頷く。

「なら、私もあなたと繋がりたい」

恥ずかしさをぐっとこらえ、リリスは自分からサマエルの唇を奪う。

リリスの口づけは少し拙いけれど、必死になって舌を差し入れればサマエルが優しく受け入れてくれる。

「……ッ、あ……ンッ……ふぁ……」

唾液がこぼれるのを厭《いと》わず、二人は舌を絡める行為に夢中になる。はしたない水音と喘ぎ声をこぼしながら口づけを交わしていると、それだけで身体の奥が熱くなる。

すでに浴室でさんざん乱され、リリスはもう三度ほど達していたのに、まだ足りないと全身が訴えている。

「サマエル……早く……」

彼が欲しいと懇願すれば、サマエルはリリスを抱き締めたまま身体を起こす。彼の膝の上に乗る格好になり、いつもより彼と目線が近い。

端正な面立ちがすぐ側にあるだけでドキドキしてしまい、リリスは僅かに視線を落とした。

「私から目を逸らさないで」

しかしすぐに顎を摑まれ、上へと向けられる。待っていたのは甘い視線と口づけで、リリスはうっとりと彼に全てを任せた。

リリスの口内を舌で愛撫しながら、サマエルの手はリリスの胸と臀部をなめらかになぞる。最初は輪郭を辿るようにそっと、だがすぐに指先は艶めかしい動きで、柔らかな肌の形を変え始める。丸みを帯びた肉を淫らな形に変えながら、サマエルは巧みな指使いでリリスの官能を引き出した。

「……アア……ッ、そこ……だめ……」

特にリリスは胸の愛撫に弱い。ささやかな胸を手で覆われ、その頂きを軽くつままれただけで甘く啼《な》いてしまう。

「そこ……またすぐ……いっちゃう……」

「いってもいいですよ」

「だめ……もう一回いったら……また意識、飛んじゃいそう」

サマエルの与えてくれる快楽は強すぎて、リリスはそう何度も耐えられない。しかも今回は、挿入もまだなのだ。

「サマエルが挿れてくれるまで……気絶……したくない……」

「わかりました。ならあなたの望みを叶えましょう」

リリスの腰の辺りで、すでに大きくなっていたサマエルのモノが、先走りで滑りながら魔法の刻印の上を撫でた。

そうされると身体の奥が焼けるように熱くなり、リリスの陰唇から蜜がぐちゅりと溢れ出す。

「膝を少し立ててください」

言われるがまま、膝を立てて少し腰を浮かす。合わせて、サマエルが楔の先端をリリスの入り口に宛てがった。

「そのまま、ゆっくりと腰を落とせますか？」

「ん……できる……けど……ッ、これ……すごい……」

少しずつ腰を落とすたび、ヌプヌプと音を立ててサマエルの男根がリリスの中へと入ってくる。下からの挿入は初めてだが、自ら男をくわえ込む行為はとても恥ずかしい。

（でもこれ……すごく……いい……）

自分の動きに伴い、膣を埋めていく快感は新鮮で強烈だった。満たされていく感覚は愉悦に変わり、リリスはいつも以上の充足感を得る。

「さあ、一番奥まで埋めて差し上げますよ」

「……ッ、うん、きて……」

「いつもより深くなりますから、舌を噛まないように」

蠱惑的な笑みに見蕩《みと》れながらも、サマエルの言葉は大げさすぎるとリリスは思った。

「さあ、一番奥で私を感じて……」

しかし腰を摑まれ、一気に一番奥まで貫かれた瞬間、大げさではなく本気で舌を噛みそうになる。

「ッ……ああっ、うそ……ッ」

自重によってより深いところまで抉られ、リリスはのけぞりながら悲鳴を上げる。

全身が戦慄き、繋がったところから得も言われぬ心地よさが溢れて止まらない。

「さあ、動きますよ」

でも、それはまだ序の口だった。初めての深さに戸惑うリリスの腰を支えながら、サマエルが隘路を執拗に攻め立てる。ずんずんと腰を穿たれるたび目の前に火花が散り、悲鳴にも似た声と唾液がリリスの口からこぼれた。

強すぎる快楽を受け止めきれず、全身を震わせ愉悦を逃がそうとするが、それを上回る甘い刺激を絶えず打ち込まれ、気がつけば涙までこぼれ始める。

「深い……、奥まで……サマエルが……ッ」

「気持ちいいですか？」

「いい……すごい……アッ、すごすぎて……私……」

「いってください。あなたが、悦《よろこ》び果てる姿を私に見せて……ッ」

だらしなく蕩けきった顔を上向かされ、サマエルの相貌と嫌でも向き合う羽目になる。

「やぁ……今……あッ、ひどい、顔だからぁ……」

「ひどくなどない、あなたはどんなときでも可愛らしい」

昼間鏡で見た自分の淫らな相貌を思い出すと、恥ずかしさが込み上げる。けれどリリスを見つめるサマエルは、幸せそうだった。

「さあ、あなたの淫らで可愛い姿をよく見せて」

甘い懇願は、いつしかリリスの望みとも重なっていく。

（恥ずかしいけど……でも……こうして見つめられていたい……）

サマエルが喜んでくれるなら、どんな姿だって晒してもいい。

むしろ見せることで、リリスの身体を包む愉悦の波が大きくなっていく気がする。

「見て……私を、見て……」

「ええ……、あなたから絶対に目を逸らしません」

サマエルは瞬きさえせず、リリスを攻め立てた。

すでに絶頂の手前まで上り詰めていた身体に激しい抽挿は耐え難く、リリスはいつになく蕩けきった面差しをサマエルに向けながら容易く達してしまう。

「ンッ、ああああああッッ！」

猛《たけ》りきった楔が子宮の入り口を抉ると同時に、リリスは法悦の中で果てた。

激しい快感に、全身から汗が噴き出す。

まるで火に焼かれたような気分だった。苦痛はないが、ないからこそ苦しい。絶頂の余韻も長く続き、額から流れた汗が艶を帯びたリリスの相貌を淫らに彩る。

「あっ……ぐッ、ンッ――」

達したせいで意識が飛びそうだったけれど、そこで再びサマエルの腰使いが荒々しさを増した。

再び喘ぎ声をこぼしながら、リリスの隘路がサマエルのものをくわえ込んだまま蠢《うごめ》く。

「私も、あなたの中で、いかせてください……ッ」

余裕のない声が響き、サマエルの男根がその大きさを増した。悪魔のものへと変わっているのか、圧迫感が増し中を抉る動きに力強さが増す。

「また、さっき……いったばかり、なのに……ッ」

絶頂の余韻が消えていないのに、激しい抽挿に新しい法悦の兆しが芽生える。

今度はサマエルも余裕がないようで、熱い吐息を吐き出しながらリリスを攻め立てる。

「リリス……リリス……ッ」

美しい悪魔が、自分に溺れていく。その様をより近くで見たくて、今度はリリスのほうがサマエルの頬を両手ではさみ、妖艶に微笑んだ。

「サマエルの顔も……ッ、よく、見せて……」

「あなたが、望むなら……」

息を乱し、餓《かつ》えと熱情に染まる瞳でリリスを見つめながら、サマエルがより深くリリスを抉った。

サマエルの精がリリスの中に放たれ、その熱さにリリスもまた焼かれてしまう。

「リリ…ス……！」

息を乱しながら、自分だけを見つめる悪魔の眼差しがリリスをもう一度絶頂へと追いあげた。

「ッ――――！」

悲鳴を上げる余裕すらなく、強い愉悦に呑まれリリスは身体を痙攣させた。

今度こそ意識を保《たも》てず、ぐったりとした身体はサマエルの腕に抱き支えられる。

「もう少しだけ……このままでいさせてください……」

遠くで聞こえた懇願に、リリスは自然と微笑み頷いた。

繋がっていたい気持ちは、リリスも同じだった。

（こうしてると、安心する……）

肌を重ね、深いところで繋がり続ける間は安心と幸福が側にある。

ルドルフのことや、不意に蘇った恐ろしいサマエルの記憶。

そうしたもののせいでリリスの胸にはずっと不安が渦巻いていたが、こうして甘く抱き締められる間は、それを忘れることができた。

だからこそサマエルの温もりを手放したくなくて、リリスは彼の腕の中で安らかな眠りへと落ちていったのだった。

「お前ら、俺が苦労している陰でイチャイチャしてただろ……」

◇◇◇　◇◇◇

そんな言葉と共に、サマエルがアモンに叱られたのは深夜のことであった。

ちなみにリリスは、サマエルが甘くいじめすぎたせいで今はぐっすり就寝中だ。

「お言葉ですが、私はちゃんと状況を見ていちゃつきました。アモンとルドルフの話が弾んでいるのは聞こえていましたし、何かあればアモンがこの部屋からあの男を遠ざけてくれると確信した上でリリスと寝ました」

「開き直るな。確かに遠ざけたが大変だったんだぞ……」

二人が抱き合っていると察したアモンは、二人の関係がルドルフにバレるのではとヒヤヒヤしたらしい。サマエルも念のため使用人たちの目と耳を欺く魔法をかけていたが、同様のものを、この屋敷の者たちにかけたようだ。

「ルドルフと話していたのなら、いっそ彼に魔法をかければよかったのに」

「それができたら苦労はしない。どうやらあいつには悪魔の魔法は効かないようだしな」

それどころか跳ね返す力もありそうだと告げるアモンに、サマエルは昼間の出来事を思い出す。

「確かに、ルドルフには反射するほどの力がありそうでしたね」

「でしたねって、わかっているなら使ってみろとか言うな！」

「いや、試したのは一度ですし私だけなのかと」

「催眠の類《たぐい》を試してみたが、反射はされないまでもぜんぜん効かないなあれは」

「やはりノルテの王族の力……でしょうか」

「可能性はある。ノルテの王族は代々悪魔の血を身体に入れてきたと言っていたし、魔法に耐性があるのだろう」

「となると非常に厄介ですね」

「その上、妙な薬まで作っているようだしな。あの男、得体が知れない……」

アモンが吐き捨てるように言うと、サマエルがあることを思い出す。

それから彼は、突然アモンに向かって何かを放る。

「なんだこれは」

「あなたが言っていた『妙な薬』ですよ」

サマエルが放ったのは魔力を帯びた液体が入っている、不気味な小瓶である。

「おい、いったいいつ仕入れた」

「ついさっきリリスが寝てしまったので、私もちょっとだけ散歩をしまして」

「いつのまに……」

「諜報なら、私のほうが得意なのをお忘れですか？」

サマエルは名残惜しい気持ちでリリスの元を離れ、ソファとティーテーブルへと移動する。そこでパチンと指を鳴らせば、テーブルの上には書類の束が山のように現れる。

「おい、こりゃなんだ」

「右の山がこの屋敷の使用人や出入りしている人間の素性。左がその薬の精製に関わっている企業と研究所のデータ、その奥がルドルフ自身の身辺データをまとめたものです」

「お前、さすがに一瞬でこれを集めたってのは無理があるだろ……」

「半分は一瞬です。あとの半分は、偶然の産物ですよ」

そう言って、もう一度指を鳴らすと今度はソファの上に大量のグリモアがドサドサと出現した。

「以前リリスの支援者を名乗って、その本を配っている奴がいたんですよ。それが腹立たしくて、ばらまかれたグリモアを回収しつつ支援者の正体を探っていたんです」

「真面目に調査してたなら言えよ。こっちはこっちでグリモアに関して調べてたんだぞ」

「アモンこそ、そういうことは私に頼めばいいのに」

「近頃のお前に、そんな余裕があるとは思わなかったんだよ。リリスに叱られて凹んでたかと思えば、最近はイチャイチャしどうしだったろ」

「ですがリリスの脅威になり得ることなら、私は時間を惜しみませんよ」

何より、自分の時間を使わずともほかの人間を操り調べさせることだって可能なのだ。

実際、ここにある情報の半分は、帝国の優秀なスパイを魔法で傀儡《くぐつ》にし集めさせたものだ。自らの足で調べたものもあるが、時間がないときは人海戦術が一番効率的だ。

「しかしさすがに、一度に五十人以上の人間を動かすのは疲れますね」

「五十人ってお前馬鹿か！　悪魔の魔力だって無尽蔵じゃない、倒れるぞ！」

「五十人くらいなら多少疲れるだけですよ。それよりも、もっと人を増やして色々調べたほうがいいかもしれない。なにせルドルフはまさに悪魔だ」

いくつかの資料をアモンに投げ渡しながら、サマエルは忌々しそうに唇を噛む。

「殺人、誘拐、脅迫、その他ありとあらゆる悪行を重ねて財を築き、ノルテ復興のために暗躍しているようです。それでいながら、その証拠をひとつも残していない」

「証拠がないのは、悪魔を使っていたからか？」

「それもありますが、彼を慕う者たちが汚れ役を買って出ているのでしょう。ルドルフはノルテ国亡き後、悪魔の力で人々を魅了し小さな宗教団体を作ったようです」

「その信者を利用しているってことか……」

「リリスとのデート中、彼を教祖と慕う男に会いました。妙な薬の匂いがしましたし、ある種の洗脳を行い下僕としているのかも」

「薬？　なぜ、悪魔を使わない」

「使えないのでしょう。悪魔はあらかた私が殺してしまいましたし、もうストックがない可能性が高い」

だからこそ、たぶんグリモアをばらまいているのだとサマエルは読んでいる。呼び出せる悪魔がいるのなら、ルドルフ自身がそれを用い悪魔を下僕として使えばいい。だがそれができないから、グリモアを信者集めの道具にしているのだろう。

悪魔が存在しなければただの本だが、多少でも魔力が込められた魔導書は人心を惹きつける。

「そして最終的には、この薬で新しい悪魔《コマ》を作る気なんでしょうね」

アモンが手にした薬を見つめながら、サマエルは自分の仮説を伝えた。

「しかし、悪魔にする薬なんて人の手で作れるのか？」

「それ、結構いい線いっていると思いますよ。この屋敷の離れに薬の精製所があるのですが、そこには悪魔もどきが大量にいました」

悪魔もどきという言葉に、アモンが顔をしかめた。

「投与された人間に魔力と素質があれば、もどきどころか本物の悪魔になる者もいずれ現れるかもしれない」

「悪魔になんて、好んでなるもんじゃないのにな」

アモンが吐き捨てるように言うのは、彼自身の出自からくる嫌悪感からだろう。

彼は悪魔の中でも数少ない、人から悪魔になった例なのだ。

彼の場合は薬ではなく、人の肉体に悪魔の魔力の血を注がれることで悪魔となった。

今は少ないが、三百年ほど前は仲間を作ろうと企む悪魔が、人を悪魔に堕とすことも少なくなかった。

悪魔はなかなか子を成せないため、個体を増やすには血と魔力を人間に与えるのが一番手っ取り早いのである。

ただし誰でも悪魔になれるというわけではなく、アモンのように強い精神力と悪魔の魔力が馴染む肉体が必要だ。

その二つを持っている人間は希《まれ》だし、たいていの場合悪魔としては弱い。三百年ほど前は『悪魔もどき』と言えば、そうした人から転生した弱い悪魔を差す言葉だった。

その手の悪魔はたいてい理性がなく、むやみに人を襲い喰らってしまう。

アモンのように自我を持つ屈強な悪魔は、そうそう生まれるものではないのだ。

「その悪魔もどきを、ルドルフはちゃんと管理できているのか？」

「ノルテの血のおかげで、言うことを聞かせるのは得意なようです。屋敷の離れのひとつは、もどき専用の牢獄でそこにうじゃうじゃいますよ」

「それを証拠にして、軍に奴を捕まえさせられないか……？」

「実は、ルドルフはアモンに近付いたように、軍の高官にも近付き抱き込んでいるようです。悪魔を軍事利用しようと考えている者もいそうですし、確実に邪魔が入るかと」

「下手に動けば、俺たちが奴を逮捕させたがっていることもバレるな」

そしてバレれば、ルドルフはリリスにも牙を剥くかもしれない。サマエルにとって、それが一番恐ろしいことだ。

「だからまずは、ルドルフと関わっている軍人を全て洗い出さねばいけませんね」

それには、サマエルの魔法をもってしても数日はかかるだろう。それをアモンもわかっているのか、彼は眉間に深い皺を寄せた。

「もういっそ、あいつも悪魔もどきもさくっと焼き殺したいところだな……」

「同感です。でもそれが一番難しい」

力を跳ね返されたときのことを思い出し、サマエルは悔しさに唇を噛む。

理想を言えば、悪魔の存在が人々の目に触れる前にルドルフと悪魔もどきを全て灰にしてしまいたい。

だがもし反撃だけでなく、悪魔を屠《ほふ》る魔法の使い手だった場合、こちらが返り討ちにされる可能性は高い。

(私が本気になれば、どんな力を持っていても打ち勝つことは可能かもしれないが……)

力を使えば、嫌でも悪魔の本性が顔を出す。

人を殺せば血に魅せられ、力を使えば魔力に溺れ己の欲望を抑え切れなくなるだろう。

（そうなったとき、私はリリスを傷つけずにいられるだろうか……）

今でさえ嫉妬という感情で、サマエルはおかしくなり始めている。

そんなとき、悪魔の本性を解放すればリリスを傷つけ、彼女が嫌悪する最悪の悪魔に成り果ててしまうのではという恐怖が、サマエルを蝕《むしば》んでいた。

それを感じ取ったのか、資料を見ていたアモンが宥めるように彼の肩を叩く。

「お前一人で全部片付けろとは言わん。俺も協力するし、ルドルフにバレない程度ならリリスとイチャイチャするのもかまわん」

「この前は邪魔したくせに」

「嫉妬も恋の近道だと思ったから、男を送り込んだんだよ。まさかルドルフみたいな面倒な奴まで来るとは思わなかったが、お前だってさすがに自分の気持ちを自覚しただろ？」

アモンの言葉に、サマエルは小さく頷く。

「私は、いつしかリリスに強い執着を抱いていたようです。それも、醜い執着を……」

「下僕として這いつくばるより、醜いほうがよっぽど悪魔らしい」

「ですがその執着が、リリスを傷つけそうで怖い」

「安心しろ。お前の愛情で傷つくほど、リリスはやわじゃないさ」

アモンの言葉にほっとする一方で、自分よりもリリスを理解しているという顔にサマエルは若干腹立たしさを感じる。

「その顔……俺にまで嫉妬してるだろ」

「あなたとリリスは仲が良すぎる」

「お前がお兄ちゃんやれって言うから、仲良く家族ごっこしてやってるだけだ」

「でもあなたはリリスに優しい。まさか愛ですか？　リリスに惚れているのですか？」

「だからねぇよそれは！　気に入っているだけだ！」

じぃっと見てくるサマエルに、アモンが頭を掻きむしる。

「冗談でも『好きだ』なんて言ったら、すぐにでも俺のこと殺しそうだなお前」

「十秒くらいは、猶予をあげます」

「それ、結局殺すってことだろ」

「リリスを好きなのは、私だけで十分です」

「確かに、お前の嫉妬の拗らせ方はひどいな」

「だから不安なんです」

なにせ今、サマエルはアモンを本気で殺したくなった。

アモンは友人で、最大の協力者なのだ。殺せばリリスとの幸せな生活に支障が出るのに、それでも返事によっては容赦なく彼の心臓を抉り出していただろう。

（嫉妬は、私をおかしくする……。そして嫉妬が愛と表裏一体なのだとすれば、やはり悪魔は愛情など持つべきではないのかもしれない……）

しかし愛情も嫉妬も、手放す方法がサマエルにはわからない。主従関係に戻れば、この感情は消えるのだろうかとも思うが、リリスは絶対に嫌がるだろう。今度こそ嫌われてしまうかもしれないし、サマエル自身もかつての距離感に戻りたくないと思い始めている。

リリスと再会したあの日、もし彼女を傷つけてしまう日が来るのなら、潔く身を引こうとサマエルは思っていたのに、今はその決意さえ揺らいでいる。

「そんな顔するな。お前はちゃんとリリスを幸せにしている。ルドルフのことも、きっとどうにかできるさ」

「……あんな男など、どうとでもなります。むしろ本当に怖いのは……」

自分だと言いかけたとき、リリスが僅かに目を開けた。

「すみません、起こしてしまいましたか？」

慌てて側に駆け寄ると、リリスは寝ぼけた顔でそっと微笑んだ。

「大丈夫……。ただ声が聞こえたから……サマエルの顔……見たくなって起きたの」

「俺は無視か」

アモンのツッコミに、リリスが笑みを深める。

「兄さんの顔も見たかったわ。ルドルフと二人きりにしてしまって心配していたし」

「俺を誰だと思っている。そこの馬鹿とは違って下手は打たないさ」

「じゃあまだ素性はバレていないのね」

ほっとするリリスの頭を、アモンが優しく撫でる。彼女を安心させるためだとわかっていても、腹立たしさのあまり彼の手をサマエルはバシッと叩いた。

「悪魔の嫉妬は恐ろしいな」

おどけて言いながら、アモンがリリスから遠ざかる。

「とりあえず、軍港祭が終わるまではここに滞在することが決まった。その間にルドルフの弱点を探してみるから、お前たちはイチャイチャしてるのがバレないようにしろよ」

「やっぱり、バレたらまずいかしら？」

「あの男、自分の血筋を神聖視しているきらいがある。逆に悪魔のことは道具にしか見てないから、もし大事な妹が悪魔に抱かれてると知ったら、烈火のごとく怒るだろうな」

「が、頑張って隠すわ。もう二度と、ここではこういうことしないようにする」

「いやまあ、そこまでしなくてもいいと思うが……」

「でも私、サマエルを好きな気持ちをちゃんと隠せるか不安だし……」

だからもうしないというリリスに、サマエルは絶望のあまり項垂れた。

「しばらくリリスに触れないなんて、死んでしまうかもしれない」

「なら気晴らしに調査に集中するか？　少なくともルドルフはリリスに危害を加える様子はなさそうだし、四六時中くっついている必要もないだろ」

でも自分は、くっついていないと死んでしまう気がする。そんなことを考える一方、嫉妬を募らせた自分を落ち着かせるためにも距離を置くのが得策なのはわかっている。

「死ぬ気で、弱点を探します」

「本気で死にそうな顔しているけど、私に手伝えることはない？　本当に大丈夫？」

「あなたを危険には巻き込めませんし、何もしないでください。なるべく早く片を付けますので」

リリスは無理をしないでと微笑んだが、無理をしてでもルドルフを排除する手段を探したいのが本音だ。リリスと触れ合えないからなのはもちろんだが、あの男はいずれ自分や彼女の脅威になり得る気がしてならない。

だからリリスを求めてしまう気持ちを殺すため、サマエルは後ろ手に握り締めた手の中にリリスのフォークを出現させる。

（しばらくは、これでしのごう……）

一度リリスの温もりを知ってしまった手のひらは、固いフォークでは満足できそうになかったが、今はこれで我慢するほかなかった。

第七章

ルドルフの屋敷で過ごす三日目の朝。

目を覚ましたリリスは、サマエルの姿がないことに気づきそっとため息をこぼす。

（今日も調査に出かけてしまったのかしら……）

このところずっと、サマエルはルドルフの身辺を探るためすぐに姿を消してしまう。

何かあればすぐに戻ってくると言うが、夜も部屋にいないことが多くそれを寂しいと感じてしまう自分がいる。

（一緒にいないほうが、ルドルフには色々気づかれずにすむけど……）

サマエルに抱かれる喜びを覚えてしまった身体は、どうしても彼の温もりを探してしまう。寂しい気持ちをやりすごそうとリリスは毛布にくるまりながら一人膝を抱えた。

彼に会いたい気持ちが強いのは、寝覚めが悪かったせいもある。

（この屋敷に来てから、なんだか悪い夢ばかり見る……）

ノルテの城に似せた屋敷で過ごしているせいか、リリスは毎日のように産まれた頃の記憶を夢に見る。

おぼろげなものではあるが、赤子のものとは思えぬほど、リリスの記憶は鮮明だ。ルドルフに会うまでは現世での過去に興味がなく思い出しもしなかったが、よくよく記憶を辿れば父や母の顔も記憶の片隅には存在する。たぶん転生した影響で、幼いながらに記憶力がよかったのだろう。

ただしそれは、まるで他人の記憶のようだった。記憶自体も少ないし、何よりどれもこれもいいものではない。

両親が自分に笑顔を向けたことは一度もないようだし、唯一リリスの生を喜んだのは悪魔の贄に使えるとわかったときだけという有様だ。

そのとき見せた父の狂喜に満ちた笑顔を、リリスはこのところ夢によく見る。

夢は、父がサタンと呼ばれる悪魔を呼び出すところで毎回途切れる。

父の恐ろしい笑顔のほかに覚えているのは恐ろしい魔の気配と、壁に影として浮かび上がる悪魔のシルエットだけだ。

だから夢も中途半端なところで終わり、どうにも後味が悪かった。

（お兄様の言葉が本当なら、あの直後にお父様は死んだのよね。やっぱり、残酷な殺され

方だったのかしら）

そんなことを考えてしまうのは、父が殺される夢の後に自分が死ぬときの悪夢を続けて見ることも多いからだ。

悪夢が別の悪夢を呼び起こすのか、死にまつわる夢ばかり繰り返し見てしまう。

夢には死にゆくリリスを見て涙するサマエルと、美しい容姿へと変わりながら残酷な笑みを浮かべる彼の姿も繰り返し現れる。

悪魔らしいその姿に恐怖を感じた瞬間、夢から覚める。

だからこそいつものサマエルを見て安心したいと思うのだけれど、待っていてもサマエルが現れる気配はない。

（もしかしたら、またアモンと一緒にお兄様の監視と調査に出かけているのかしら……）

それでも名前を呼べば、耳のいい彼のことだから飛んで来てくれるに違いない。しかしもし調査の最中なら迷惑になるはずだ。

（それに今は、サマエルにあまり無理はさせたくない……）

ルドルフの素性と弱点を探るため、サマエルは魔法を駆使し調査を行っている。そのせいか、このところ彼はかなり疲れているように見えるのだ。

リリスの様子を見に来るたび、彼の顔色は確実に悪くなっている。

アモンによれば、サマエルは魔法と軍人時代のツテを頼り、ルドルフの身辺を調査し彼を捕らえる準備をしているらしい。

ルドルフの悪事の詳細や、彼をどう捕らえるのかは教えてもらっていないけれど、たぶん楽な仕事ではないのだろう。その上サマエルは、リリスが危険に遭わぬようにとかなり焦《あせ》って事を進めているようだった。

（私には優しい顔しかしないけど、お兄様は悪魔にとっては驚異だし、二人が焦って排除したがる気持ちはわかる……）

この三日間、ルドルフと過ごしてみてわかったのは、彼が悪魔を道具としか見ていないということだ。

一方で、リリスに対して彼が感じている愛情は嘘ではないようだった。むしろほぼ初対面にしては愛情が重すぎるほど、彼はリリスに優しい。

話題はもっぱらノルテの歴史や悪魔のことだが、リリスが興味を示せば大喜びで色々と話してくれるし、穏やかな相貌を崩すことがない。

（少なくとも、家族に対しては優しい人なのよね……）

だからこそ、調査に協力したいと思いつつも、リリスはなかなか踏み込めない。優しい顔を見せられると、彼を疑い探ろうとしていることに後ろめたさを感じてしまうのだ。

サマエルたちはルドルフのことをあまり教えてくれないが、二人がかりで探っているということは、きっと兄は何かしらの悪事を働いている。

ならば自分も何かしらの情報を引き出すべきだと思うのだが、まっすぐな好意を向けられると、リリスは何も言えなくなってしまう。

調査をする間、ルドルフの注意を引いてくれているだけありがたいと二人は言ってくれるが、何もできない自分がリリスは情けなかった。

（でもせめて、もっと何か役に立てることはないかな……）

ルドルフに探りを入れるのは難しいが、せめて疲れているサマエルを癒《い》やせないだろうかとリリスは考える。彼の笑顔を見れば、自分もまた悪夢を振り払える気がしたのだ。

そしてさんざん悩んだ結果、リリスが思いついたのはサマエルの好物であるピーチパイを焼くことだった。

（屋敷の給仕さんが、新鮮な桃があるって言ってたし、あれでサマエルの好きなパイを作れば、少しは元気になってもらえるかも）

屋敷の設備は自由に使っていいと言われていたし、サマエルが不在だからこそ厨房に立つのも可能だろう。

サマエルは基本、リリスに料理をさせたがらない。やけどをすると危ないとか、包丁で手を切ると大変だなどと理由をつけて、自分で作ってしまうのだ。

そのくせ、彼の好物はリリスの作るピーチパイという矛盾を抱えている。

どれくらい好きかと言えば、最初に食べさせたときは「こんなにも美味しいものを食べたのは初めてです」と感激のあまり三日間も泣き続けたほどだ。

悪魔は人の生き血や肉を好むと言うが、サマエルの場合は人血よりピーチパイらしい。以来隙を見ては彼のためにパイを焼くことにしたが、近頃はそれもできていなかった。いても立ってもいられず、リリスは朝食を手早くとると、屋敷の調理場へと向かった。少しだけ調理場を借りたいと言えば、使用人たちは快く場所と食材を提供してくれた。手伝いも買って出てくれたけれど、申し訳ないからと断る。自分の手で作りたいのもあったし、何よりリリスはこの家の使用人たちが少し苦手だ。

この家の使用人たちは、ルドルフが運営する『ノルテ教団』と呼ばれる宗教組織の信者たちだ。信仰の対象は悪魔をも従える力を持つノルテの王族とその力。すなわち、ルドルフこそが信者たちにとっては神なのだ。

帝国では宗教の自由がある程度約束されているが、個人を信仰する宗教はあまり見たことがなかったため、ルドルフを崇め奉る信者たちはリリスの目には奇妙なものに映った。

その上信者たちは、妹であるリリスにも羨望《せんぼう》の眼差しを向けてくる。サマエルも呆れるほど甲斐甲斐しく世話を焼こうとしてくるし、それを断るのも一苦労だ。

そこに悪意はなく、純粋な好意からよくしてくれる。しかし向けられた瞳の輝きを時折恐ろしく感じてしまう。

ルドルフが指示しているのか、ここの者たちもリリスを『聖女様』と呼び慕うが、それもまた不思議と落ち着かない。

孤児院で子供たちが親しみを込めて呼んでくれるものとは違い、彼らの呼び声は過剰な熱を帯びている。そこに僅かな恐ろしさを感じつつも、好意を寄せられているのは事実なのでやめてほしいとも言えない。

だから今日も信者たちの気分を害さぬよう気をつけながら、リリスは調理場から彼らを遠ざけた。

一人きりになるとようやく気持ちが落ち着き、料理にも集中することができる。

サマエルがいつ帰ってくるかわからないため、テキパキと食材を揃えリリスはさっそくパイを作り始めた。

食料庫には桃もパイ生地も揃っており、オーブンも最新式のものなので自宅で作るよりずっと簡単だ。

(全部終わったら、サマエルにオーブンの新調をおねだりしてみようかな)

頭をよぎった暢気《のんき》な考えに、リリスは苦笑しながらも少しほっとする。このところずっと緊張しどうしだったが、二人のことを考えているときだけは気持ちが解れる。

(また、サマエルたちとのんびりご飯が食べたいな)

悪魔は人の血を好物とするが、人間の食事でも生きることはできる。だからサマエルも近頃はリリスと同じものを食べているし、アモンも「最近の料理はだいぶ味がまともになった」と言って人の食事をとることが増えた。

食事に相応しくない残酷な悪魔ジョークが飛び出し戸惑うときもあるけれど、それでも二人との食卓を囲むのは楽しかったのだと、なくなって初めてリリスは気づく。

（やっぱり調理器具を新調してもらおう。そうすれば料理の幅も広がるし、私も二人に手料理をもっと振る舞いたい）

オーブンからパイのいい香りが漂ってくるのを感じながら、改めて自分がこれからも一緒に過ごしたいと思うのはサマエルたちなのだと痛感する。

リリスにとって、ルドルフは嫌な人間ではない。むしろ驚くほど好意的で、生き別れになっていたとは思えないほど優しくしてくれる。

けれどやはり、彼女にとっての家族はあの二人なのだ。それは覆せないのだと改めて実感していると、ふと背後に気配を感じる。

サマエルかと思って振り返ったものの、立っていたのは期待していた相手ではなかった。

「そんながっかりした顔をしないでくれ。いい香りに、ついつられてしまったんだ」

苦笑しながら立っていたのはルドルフで、リリスは慌てて笑顔を作る。多少落胆したのは事実だったが、まさか顔に出ているとは思わず少し慌てた。

「ごめんなさい、兄さんかサマエルだと思ったの」

下手に誤魔化しても仕方がないと思い、リリスはあえて思ったままを口にする。

するとルドルフは残念そうな顔になり、側へと近付いてきた。

「あの二人は、悪魔召喚の見学中だ。僕の教団に興味があるようなので、別の場所にある教団施設にいる」

あなたも行ってみるかと尋ねられたが、リリスは首を横に振った。

教団施設なら信者もいっぱいいるだろうし、そこに行くのは怖いと思ってしまったのだ。

そんなリリスの考えを見透かしたような顔で、ルドルフが彼女の髪をそっと撫でる。

「君は『聖女』と呼ばれることに抵抗があるようだね」

「だって、少し仰々しすぎるもの」

「そんなことはないよ。君の力なら、女神と呼ばれてもいいくらいだよ」

「それこそ私には不釣り合いだわ。確かに悪魔を従わせる力はあるかもしれないけど、私自身はパイを焼くくらいしか能のない人間だし」

そんな会話をしているうちにパイが焼き上がり、この話題をやめたかったリリスはこれ幸いとオーブンに向き直る。

料理をするのは久々だったがパイの焼き具合は上々で、これならサマエルも喜んでくれそうだ。

（また、感激しすぎて泣いちゃうかしら）

リリスが絡むと感情表現がおかしくなるサマエルを思うと、それだけで笑みがこぼれる。

「……ねえ、そのパイを僕がもらってはだめかな？」

そんなとき、ルドルフが背後からゆっくりとリリスを抱き寄せる。予想外の動きに、リリスは危うくパイを取り落としかけた。

そのせいでルドルフから離れられずにいると、彼がリリスの首筋にそっと頬を寄せる気配を感じる。

ざらりと、妙な不快感を覚えたのはそのときだった。

咄嗟にパイをテーブルに置き、リリスは身をよじりながらルドルフから離れる。

邪険にしすぎたといまさら後悔するが、ルドルフから離れたことで、リリスは明らかにほっとしてしまう。

「もしかして、僕には食べさせたくない？」

重ねられた質問に、リリスは慌てて首を横に振る。

けれどどうぞと、それを差し出すにはやはり抵抗があった。

(サマエルのために焼いたパイをお兄様に食べさせたら、絶対嫌な気分になるわよね)

パイはサマエルを元気にさせるために焼いたのだ。そのせいで逆にサマエルに心労を重ねさせるのはどうしても抵抗がある。

「ご、ごめんなさい。これは……アモン兄さんと、サマエルのために焼いたものなの」

咄嗟にアモンの名を先に出したのは、サマエルに抱く感情をなるべく気づかせぬようにという配慮だった。

しかしルドルフの表情は、やはり不満そうだ。

「でも、よかったら別のパイを焼くわ。好きな果物を教えてくれたら――」

「君は少し悪魔に肩入れしすぎていないかい？」

リリスの言葉を遮り、ルドルフが低い声音で告げる。

咄嗟に顔を背けたのでぎこちない表情は見られていないと思うが、動揺を顔に出してしまった自分を心の中で叱責する。

「リリス、アモンは君にとっては他人なんだ。それにあの悪魔は君の道具だ。人のように扱う必要はない」

「でも、彼はとてもよくしてくれるし」

「それは君の魂が綺麗だからだよ。悪魔は美しい魂に惹かれ、その力を感じることでその生命力を強めるとされている」

リリスの頬にそっと触れ、ルドルフは彼女を上向かせる。

正面から見据えることになったルドルフの顔は穏やかだが、その目はいつもより鋭かった。

「君が優しい子なのはわかっている。でも悪魔の恐ろしさも、君はちゃんと知るべきだ」

「も、もちろんわかっているわ。だから必要なときはちゃんと距離も取っているし……」

「そうは見えないな」

叱るような声と共に、ルドルフの笑顔がすっと消える。

顔の作りが美しいが故に、笑みを消した彼は心のない人形のように見えて、リリスは恐ろしさを感じてしまう。

同時に心の中でサマエルの名を呼ぶと、まるで声が聞こえたかのように美しい悪魔が二人の目の前に現れた。

「……いったい、ここで何をしているんですか？」

サマエルはルドルフの腕を払い、庇うようにリリスを抱き寄せた。

彼の温もりに包まれた途端どうしようもなくほっとしてしまい、ついその腕に身を寄せてしまう。

「……やっぱり君は、悪魔についてちゃんと知ったほうがいい。よりにもよってそんな低級悪魔に縋るなんて、間違っているよ」

冷ややかな言葉と共に、今度はルドルフが自分の腕を払ったサマエルの手首を摑む。

「くッ……!!」

その途端、肉が焼ける嫌な匂いと音がして、サマエルの顔が苦悶に歪む。

「お兄様やめて！」

リリスが叫べばすぐに手を放したが、サマエルの腕はだらりと下がり、服と肌が焼け落ちている。

「リリスも、悪魔に対抗するためにこれくらいの力は身につけたほうがいい」

サマエルを傷つけるような力なんていらないと言いたかったが、それよりも早く騒ぎを聞きつけた信者たちが厨房の入り口に押しかけてくる。

サマエルを見つめる鋭い視線の数々に、リリスは言葉を呑み込まざるを得なかった。

「僕は午後の教義があるからそろそろ行くよ。あと、これを渡しておくからリリスはもう少し悪魔について勉強しておいてね」

いつもの笑顔を取り戻し、ルドルフは本をリリスに手渡すと厨房を出て行く。

それにつられて信者たちもみな出て行き、リリスはサマエルと二人で残された。

「……サマエル、平気？　大丈夫？」

人気がなくなると、リリスが慌ててサマエルの腕を見る。

傷はもうかなり薄くなっていたが、焼けただれた服の袖がルドルフの力の大きさを物語っていた。

（お兄様に、ここまでの力があるなんて……）

悪魔の力が効かないだけでなく、触れただけで傷を負わせるとは相当なものだ。

だからこそサマエルたちが警戒していたのだと改めて知り、リリスはぎゅっと唇を噛む。

「そんな顔をしないでください。かすり傷ですよ」

「でも、こんな……」

「もう傷は治りました。それよりあなたは大丈夫ですか？」

サマエルの言葉に、リリスは頷く。

「ただ、話をしていただけ。お兄様は私には何かするつもりはないみたい」

「ですが先ほど、あなたの恐怖を感じました」

「だから飛んで来てくれたのね」

「ええ。あなたが心配で……」

怪我をしたのはサマエルのほうなのに、リリスを気遣い心配そうな表情を浮かべている。

その顔色はいつもより更に悪く見えて、リリスは慌てて大丈夫だと笑みを作った。

「私は平気よ。それに、パイも無事だし」

「パイ？」

そこでサマエルは、ようやくピーチパイの香りに気がついたようだ。

「このパイがサマエルのものだって言ったら、お兄様が機嫌を損ねてしまったの。でもこれはどうしてもあなたに食べさせたくて、私も意地を張ってしまって」

パイを差し出すと、サマエルの顔が幸せそうに歪む。

「困りました、このパイのせいであなたが危険な目に遭いかけたのに、今とても嬉しい」

「危険なんて大げさよ。ちょっとイライラさせちゃっただけだし、パイも私も無事だから心配しないで」

だからお茶にしようと微笑むと、サマエルは安堵の表情を浮かべた。

「なら、お茶は私に淹れさせてください」

「でも手が……」

「もう平気です。それにリリスのお茶を淹れる役目は、誰にも譲りたくない」

「とかいって、今朝はいなかったくせに」

ほっとしたせいか、つい拗ねた言葉が口をつく。

不意に顔を出した自分の小ささに慌てていると、サマエルがちゅっとリリスの唇を優しく啄《ついば》んだ。

「なら、代わりに特別な埋め合わせもさせてください」

「い、今は……キス以上のことはだめだからね」

「キス以上のこととは？　私はただ、お茶を淹れるだけですよ？」

色っぽい視線を向けながら、口ではそんなことを言うサマエルに拗ねた気持ちが蘇る。

「サマエル、最近ちょっと意地悪よね」

「下僕をやめたせいか、悪魔の側面が強まってきているのかもしれませんね」

そこで「すみません」と謝ろうとするサマエルを見て、リリスは慌てて自分から唇を合わせる。

「で、でも……嫌じゃないから」

「意地悪してしまうのに？」

「ちょっと拗ねた気持ちになったりはするけど、甘酸っぱい感じも悪くないというか……」

「意地悪は甘酸っぱいのですか？」

「うん、ピーチパイみたいな感じかも」

「それは、むしろ美味しいですね」

「だからサマエルの好きなように振る舞ってくれていいわ。私への許可も謝罪もいらない」

「なら私はあなたの拗ねた顔がもう少し見たい」

「改めて言われると、拗ねるのって少し難しいかも」

「じゃあ、こうすればいいですか？」

言うなり今度は深く口づけられ、拗ねるどころかうっとりと身体から力が抜けてしまう。

そんなリリスを抱き支えながら、サマエルが不思議そうに首をかしげた。

「『昼間から深いキスはだめ』って拗ねてもらえると思ったのですが、私は何か間違えましたか？」

「拗ねる余裕もないわよ、今のじゃ……」

こんなことをされたら腰砕けになってしまうとため息をつけば、サマエルは『拗ねさせるのは難しい』と何やら悩ましげな顔をしていた。

◇◇◇　◇◇◇

「あぁ、これは……これは実に幸せな味がする……。食べるのがもったいない……いっそ飾っておきたい……永遠に……」

「永遠に取っておくなんて無理に決まってるでしょ……。ほら、腐るからちゃんと食べて」

自室へと戻ってきたリリスは、大げさな反応を示すサマエルに苦笑を浮かべた。

まだ一口しか食べていないのに、彼は感動に咽び泣いている。

「魔法で腐敗を遅らせればなんとか……」

「パイなんてまたすぐ作れるんだし、せっかくならできたてを食べて」

「確かに、リリスの好意を無下にはできませんね。いやだが、もったいない。せめてちょびっとずつ口に入れて……」

などとブツブツ言いながら、ちまちまパイを食べるサマエルにリリスは吹き出す。

彼の淹れてくれたお茶を飲みながら、サマエルを眺めるのは至福の時間だ。やはりパイをルドルフにあげなくてよかったと、改めて思う。

(でも、さすがに不興を買ってしまったわよね……)

ルドルフの冷ややかな眼差しを思い出し、リリスはこっそりため息をつく。

彼の機嫌を直すためにも、もらった本くらいは読んだほうがいいのだろうかと考えながら、リリスは名残惜しい気持ちでサマエルから視線を逸らす。

(これ、いったいなんの本かしら？　悪魔を呼び出すグリモアではなさそうだけれど)

高級そうな革の表紙には題名などは書かれておらず、見ただけでは中身がわからない。

ルドルフに言われた通りにするのは嫌だったが、だんだんと内容が気になってきて、リリスは恐る恐る表紙を開いてみる。

冒頭を少し読んでみると、どうやら悪魔と人間の関わりについて書かれた本らしい。

前世のリリスが生きていた時代から始まり、悪魔がどうやって人間の世界に入り込み、力をつけ、世界を乱してきたかの実録でもあるようだ。

(詳しそうだけど、サマエルやアモンに聞いたお話と内容に大差はないかも)

ペラペラと中をめくって読んでみるが、すでにリリスもよく知っている話ばかりが並んでいる。

いまさら新しい情報はなさそうだと思い更にページをめくっていると、最後の項目でようやくリリスの知らない情報が出てきた。

『悪魔の王サタンとその残虐性』

見出しに書かれていたのは、ルドルフが口にしていた悪魔の名だ。そして屋敷にいる信者たちも、時折この悪魔について話している。

悪魔を使役することが神の証であるノルテ教団にとって、悪魔の王であるサタンを従えることは悲願らしい。

そしていずれ、ルドルフがサタンを従えたとき、ノルテの国は復興し自分たちの理想郷が誕生するのだと話している者もいた。

（悪魔の王なんてものが本当にいるなら、確かに国くらいは自在に作れてしまうのかもしれない）

サマエルとアモンだって、本気になれば国ひとつ消したりする力はありそうだ。そんな二人よりずっと強い悪魔なのだとしたら、壊すだけでなく作ることだって可能だろう。

（そもそもそんな悪魔が実在すればだけど……）

悪魔の知識が豊富なリリスでさえ、サタンという名前は知らなかった。

それほどの悪魔ならサマエルたちが名前を口にしそうだが、この十八年間で一度も聞いたことがない。

本に書かれている内容によれば、サタンは快楽のためにほかの悪魔や人を殺しまわったとされているが、事実ならサマエルたちはリリスに何かしらの注意を促すだろう。

なにせサマエルは、リリスに飛びついて怪我をさせただけの猫を『危険物』扱いし、焼き殺そうとした男である。

サタンがいればむしろリリスを家から出すことさえしないだろうと想像し、リリスは思わず吹き出す。

(下手したら、サタンから私を守るために要塞に住みましょうとか言い出しそう)

過保護すぎて暴走するのは間違いないと思いながら、リリスはやはりサタンは存在しないと結論づける。

そのまま彼女は本を閉じようとしたが、そこでふと一枚の挿絵が目に入った。

ページ一面に描かれたそれは、サタンを描いた絵画らしい。

(え、これって……)

闇の中、業火《ごうか》を用《もち》いて人と悪魔も屠るその姿は、あまりに神々しく美しかった。

長い銀糸の髪を靡《なび》かせ、真っ黒な翼で天から降臨する姿はまるで宗教画のようである。

美しい顔に笑みをたたえ、全てを炎に包み込む姿に思わず魅入られていると、突然挿絵に触れていた指先に僅かな熱が走る。

「……ッ……」

痛みに呻くと、不意に視界が僅かに歪んだ。

(なに、これ……)

眺めていた絵が揺らめき、まるでその中に引き込まれるような感覚と共に、意識が暗転する。

思わず目をつむると、突然覚えのない光景が脳裏をよぎった。

『頼む。娘は差し出すから殺さないでくれ！』

現れたのは、恐怖に顔を引きつらせた一人の男だった。彼が震える声で懇願すると、リリスの鼓膜を恐ろしい声が震わせる。

『なぜ、お前の願いを私が叶えるのだ？』

あまりに冷たく恐ろしい声は、凄まじい魔力を帯びていて空気さえ震わせる。そのせいで、悪魔の言葉を聞き取るのは至難の業だった。

『お前は私が呼び出した。それにノルテの王は、悪魔と対等に……』

『対等ではない。私の愛する者を道具のように扱うお前は私の敵だ』

直後、世界と男の身体が炎に包まれる。

叫びながら男が転がると、炎が壁に燃え移り瞬く間に周囲が火の海となる。

激しい熱に恐怖を覚えた瞬間、リリスの身体は地面に投げ出された。

痛みと共に転がりながら、リリスは炎に映し出された悪魔の影を見た。

炎に映し出された悪魔は大きな翼とたなびく長い髪を持っており、挿絵で見た悪魔の王にそっくりだった。その恐ろしさにリリスは悲鳴をこぼしたつもりだったが、口からこぼれたのは赤子の泣き声だった。

その声に、悪魔の影が小さく震えた気がした。項垂れ、何かに怯えるように、悪魔は頭を抱え跪く。

――リリス!!

そのとき、サマエルの声がリリスを呼んだ。彼の声でリリスの意識は引き戻され、痛みと恐怖は引いていく。

「リリス、大丈夫ですか!?　リリス！」

呼びかけられて目を開けると、そこは先ほどの部屋だった。リリスはサマエルの腕に囚われ、強く揺さぶられている。

「え、わたし……」

「突然動かなくなったので慌てました。具合が悪いのですか？」

問いかけに、リリスは首を横に振った。

気分は悪くはない。本を撫でていたときに感じた指先の痛みももはやなかった。

「なんだか、今妙なものが見えて……」

「妙なもの？」

「本を読んでいたら急に見えたの」

あれはいったいなんだったのかと思い、リリスは本に目を向けようとする。

だがその直後、机に置かれたままになっていた本から突然火の手が上がった。

「やはり、あの男から渡されたものを放置するんじゃなかった」

忌々しそうな声と共に、本に向かって手を掲げていたのはサマエルだ。彼が本を燃やすのを眺めていると、先ほど見た光景が蘇りリリスの身体が自然と強張る。

それに気づいたのか、サマエルは慌てて炎を消した。しかし黒く焼け焦げた本とあの男の姿が重なり、リリスの身体は震えが止まらなくなってしまう。

「ごめんなさい、怖がらせましたか？」

「サ、サマエルのせいじゃないの……ただ、さっき恐ろしいものを見たから……」

「たぶん、本にはまやかしの魔法がかけられていたのでしょう。ルドルフの言葉からして、悪魔への恐怖を植えつけるまやかしに違いない」

「じゃああれは幻……？」

「そのはずです」

サマエルは言うが、リリスは幻だと思い切れなかった。

(自分の記憶を覗き見たような……そんな感覚だった……)

そう思ってしまうのは、ルドルフが教えてくれた自分と父の話と、見えた光景が重なりすぎていたからかもしれない。リリスの実の父は悪魔の王に自分を差し出そうとした。そのときの光景を、自分は見た気がしてならなかった。

（だとしたら、あれが王……？　サタンは本当にいるの？）

突然現実味を帯びてきたサタンの存在に、リリスは恐怖を感じる。

「ねえ、悪魔の王なんていないわよね？」

縋るようにサマエルを見上げると、彼はなぜか苦しそうに顔をしかめた。

「……あなたも、悪魔の王は恐ろしいですか？」

逆に問いかけられ、リリスは言葉に迷う。

サタンの存在自体というより、それが自分やサマエルの脅威になり得ることが恐ろしい。ノルテの王を容易く焼き尽くしたあの力が、サマエルに及ぶのが怖いのだ。

（一番怖いのはサタンじゃなくて、サタンを手にしたときのお兄様かも）

もしそうなったら、自分の力を誇示するためにサマエルを殺させるかもしれない。そうなったらと思うと、つい身体が震えてしまう。

「大丈夫です。悪魔の王がいたとしても、あなたのことだけは傷つけさせない」

宥めるように抱き締められ、優しい声で慰められる。

自分ではなくサマエルが傷つくのが怖いと言いたかったが、それよりも早く唇を塞がれてしまう。ゆっくりと舌を差し入れられると、恐怖が少しずつ引いていく。サマエルのキスは、いつもリリスを癒やしてくれる。

「……ごめんなさい……リリス……」

そのとき、サマエルが何か囁いたが、キスに夢中になっていたリリスはその声を捕らえることができない。

「……ねえ、今なんて?」

長いキスの終わりに尋ねると、サマエルがどこか寂しそうな顔で笑う。それが気になったのに、質問は今度も口づけで塞がれた。

「……なんでもありません。それより、悪魔のことを知りたいなら私に聞いてください。人間の書いた本よりもずっと、詳しいお話ができますよ」

「え、でもいいの?」

「だめだと思っていたのですか?」

「だってサマエル、自分のことあまり話さないから」

過去のことも覚えていてほしくないようだし、彼は自分のことを基本口にしない。だからリリスが知る悪魔の知識は、アモンから教えられたものがほとんどだ。故にサマエルは、自分や悪魔のことをあまり知られたくないのだとリリスは思っていた。

「嫌ならいいのよ?　私、あなたに無理はさせたくないし」

「無理などしていません。この手の説明は、アモンがうまいので任せていただけです」

隠しごとはないと言い切るが、サマエルはさりげなくリリスから視線を逸らす。

(本当に、サマエルは嘘が下手ね……)

仕草を見れば今の言葉が嘘だとわかるが、指摘する勇気がリリスにはなかった。恐怖を克服することの重要性を説《と》いておきながら、彼が絡んだ途端リリスは臆病になる。

ようやくサマエルとの距離が近付き始めたからこそ、またあの拒絶されることに怯えてしまうのだ。

「悪魔のことなら誰よりもよく知っています。本よりずっと詳しい知識を提供できますよ」

何も言えないでいるリリスに、サマエルは甘い笑みを浮かべながら口づける。

「だから私に尋ねなさい。ご褒美は、デートでいいですから」

甘い声音に、リリスは不安を無理やり胸の奥にしまい込んだ。

（でもここまで言うってことは、もしかしたら少しくらいは悪魔や自分のことを話す気になったのかもしれない）

サマエルの発言をいいほうに解釈し、リリスは頷く。

「なら、色々お話が聞きたい」

「ならピーチパイのお礼に、美味しいケーキを食べに行きましょう。今度こそ、ちゃんとしたデートをしましょうね」

屋敷を勝手に出ていいのだろうかと思ったが、悩む間もなくリリスは魔法で町の入り口まで連れていかれてしまう。気がつけば服まで外出用のものに着替えさせられ、並び立つサマエルも同様の出で立ちだ。

「お兄様たちに怒られないかしら……？」

「置き手紙をしておいたので大丈夫でしょう。それに出かけるくらいで私たちの関係はバレない。あなただって、あの屋敷にこもっているのは気が滅入るでしょう？」

否定できず、リリスは悩んだ末に頷いた。

ルドルフは優しいが、彼の屋敷と使用人たちは不気味だし、なんだか空気が重いのだ。ルドルフを警戒してずっと緊張しているため、息も詰まっていた。

「それに外出なら、少しくらいあなたに堂々と触れてもかまわないはずだ」

「目的はそっち？」

「そんなことは……まああります ね」

リリスが足りないとぼやくサマエルには、苦笑を返すほかない。

（でも少しくらいなら、きっと大丈夫よね）

自分もサマエルも、少し疲れすぎている。何より、今は恐ろしい幻のことを忘れたい。

そう思ったリリスは、悪魔のエスコートに身を委ねることにした。

◇◇◇　◇◇◇

一週間続く軍港祭もそろそろ後半に入り、マルリブは以前以上の活気に満ち溢れていた。そんな町を少し散策した後、二人はヨットが停泊するマリーナ沿いのカフェに入る。

マリーナが見渡せる二階のテラス席に席を用意してもらい、リリスは久しぶりにリラックスすることができた。

「私、思っていた以上に疲れていたみたい」

サマエルが絶品だと豪語するマロンケーキを食べながら、リリスはほっと息をこぼす。

「申し訳ございません」

「なぜサマエルが謝るの？」

「このところあまり側にいられませんし、いたらいたで私の嫉妬心がリリスを疲れさせているのでしょう？」

いつになく反省した面持ちのサマエルが可哀想に見えて、リリスは慌てて彼の手を取る。

「むしろ我慢を強いてごめんね」

「いえ、むしろ自分の気持ちくらい制御せねばと思うのですが……」

言いながら、サマエルはリリスと繋いだ手にそっと力を込める。

「あなたが絡むと、私はいつも我を忘れてしまう。……それが時々、怖いんです」

弱っているサマエルが不憫《ふびん》で、リリスは慰めるように頭を撫でる。ピーチパイで少しは元気になったようだが、きっと疲れもたまっているのだろう。そのせいで更に後ろ向きになっているに違いない。そう思ったリリスは、食べようとしていたマロンケーキをサマエルのほうに押し出す。

「あの、これ……」

「私はピーチパイでお腹いっぱいですよ」

「そうじゃなくて、あの、サマエルが大好きなこと……今日はしていいから」

疲れすぎて察しが悪いのか、サマエルは小首をかしげる。

仕方なく、リリスはそっと声をすぼめる。

「私に『あーん』ってやるの、大好きでしょ？」

「やってもいいのですか!!」

立ち上がる勢いで迫ってくるサマエルに、リリスは真っ赤になりながら落ち着いてと手で示す。

「でもリリスは、外でやってはいけないと何度も……」

「そ、それは下僕モードのときの『あーん』のやり方がひどすぎたからよ」

サマエルは下僕としてリリスに給仕をするのと同じくらいに、食事の介助をするのが大好きなのだ。

ところかまわず彼女を膝の上に載せ、『あーんしてください』と詰め寄ってくるため、外では絶対にしないでと以前約束させたのである。

「膝の上は恥ずかしいけど、隣同士に座ってやるのならいいわ」

「なら、この距離でお願いします」

椅子を動かし、肩が触れ合うほどの距離まで近付いてくる。さすがに近すぎて恥ずかしさを覚えるが、デートなのだしリリスだって甘い距離感は嫌ではない。特にここ数日はルドルフと信者たちの目が怖くてくっつけなかったし、膝の上でもよかったとさえ考えてしまう。

(思ったより、私もサマエルが足りなかったのかも)

だから全てが片付いたら、またいっぱいくっつきたい。ここ数日は肌に触れ合っていないし、全てが解決したらそういうこともしたいと考える。

そうしているうちにサマエルが丁寧にケーキを取り分け、慣れた手つきでフォークをリリスの口元に運んだ。

「はい、お口を開けてください」

言われるがまま一口食べると、それだけでサマエルの笑顔が輝く。

「サマエルって、時々無邪気すぎて天使みたい」

「実際天使でしたし、その名残でしょうか」

次のケーキを切り分けながら告げられた言葉に、リリスは思わず首をかしげる。

「え……天使?」

「はい。それよりほら、もう一度お口を開けてください」

「ま、待って！　天使って……本当なの？」

「ルドルフの本には書いてなかったですか？　悪魔とは天界から追放された天使の成れの果てなんですよ」

そんな言葉と共に差し出されたケーキを食べてはみたものの、驚きのあまりさっぱり味がしない。

その後、サマエルは約束通り悪魔についてのことを教えてくれる。しかしそれは、リリスにとって衝撃とも言える内容だった。

「悪魔と天使の姿が同じって信じられないわ。天使は実物を見たことないけど、教会のステンドグラスに描かれていたものは、その……」

「美しい？」

「ええ。だから同じだなんて思ってもみなかった」

「悪魔になると魂の汚れが姿に現れるのです。一番に反映されるのはその者が犯した罪。次にその者が抱く欲望。それらがない場合でも、他者から向けられた負の感情が容姿に変化を及ぼし元の姿から遠ざかるのです」

天使は美しいものを好み、汚れがないことを美徳とする。故に歪な姿に歪められることが罰になると神は考えたのだろうとサマエルは続けた。

「悪魔が人に化けるのも、その姿を恥じているからですね」

「じゃあ、サマエルの姿もあなたの罪や欲望を反映しているの」

「はい。……ただ、昔は少し違いましたが」

そこでサマエルは珍しく昔を懐かしむような顔をする。

「かつて私には欲望どころか願望もなく、故に罪を犯すこともなかったので」

「じゃああなたを歪めていたのは、他者からの感情なの？」

「最初はそうでした」

サマエルの言葉で、リリスは出会ったときのサマエルの姿を思い出す。彼の姿には統一性がなく、歪で不気味な容姿だった。

(彼の姿がどことなくちぐはぐだったのは、そのせいだったんだ……)

「しかし私には大事なものができた。それを守りたいと、自分のものにしたいという欲望を抱いたことで、今の姿になったのです」

「そういえば私、サマエルが完全な悪魔になった姿って見たことがないかも」

前世では悪魔の姿ばかり見ていたけれど、今世ではきりと見たことがない。虹彩が変化したり、牙や爪が生えるなど部分的な変化は何度も見たが、かつてのような異形の姿をサマエルが晒すことはなかった。

「気持ちのいいものではないですからね。悪魔の姿は、かつて『お前は歪んでいる』と神に言われたときの姿によく似ているんです。だからきっとリリスも私を嫌います」

「躊躇いがあるなら無理強いはしないけど、どんな姿でも私はサマエルを不快に思ったりはしないわ」

「あなたならそう言ってくれる気はしていましたが、私を見てがっかりしていた神の顔がよぎってしまって……」

落ち込むサマエルを見ていると、彼を傷つけた神に対して苛立ちを覚えてしまう。

「神様でも、誰かを傷つけるようなことを言うのね。尊くて偉大で、万人に優しい方だと思っていたわ」

「それは人がそうあって欲しいと望んだ姿です。本来の神は気ままで自分本位で、誰にも理解し得ぬ存在でした」

そしてその存在に振り回され、天使は地に堕ち悪魔となった。そう思うと、なんだかサマエルがとても可哀想に思えてくる。

同時に、彼を苦しめた神に対してふつふつと苛立ちが増していった。

「今日から、寝る前に神様に祈るのはやめようかしら」

「あなたが祈る姿は美しいので、やめるのはもったいないです」

「神に祈れっていう悪魔がいるなんてね」

「本当に美しいので」

だからやめてはだめですと言うサマエルに、リリスは笑ってしまう。

「わかった。じゃあ今日からは神ではなくあなたに祈るわ」

「私に……ですか？」

「私の側にいていつも見守ってくれるあなたは、神様よりよっぽど信頼できるもの」

それに神の使いである天使を信仰する教会もあるくらいだから、サマエルに祈るのも間違いではない。

「私のためにあの美しい祈りを捧げてくれるなんて、夢みたいだ」

「大げさよ」

「でも本当に嬉しいんです。代わりに、私もあなたに祈ってもいいですか？」

「それ、なんだかおかしくない？」

「私にとって、リリスはまさしく女神です。本物の神よりも優しくて尊い存在です」

だから祈ると言うサマエルに、リリスは吹き出す。

（どうせなら女神として崇められるより、恋人として愛されたいんだけど、サマエルが楽しそうだからまあいいか……）

ルドルフに女神と言われたときは嫌だったけれど、サマエルに言われるとやや照れくさいだけだ。

とはいえすぐさまケーキをすくい、「さあ、口を開けて私の女神」などと言われると、さすがに居たたまれないが。

「やっぱり、女神って呼ぶのはやめてほしいかも」

「では女神リリス、あーんをしてください」

「いや、名前をつければいいってものじゃないから！　とにかく女神は使用禁止！」

サマエルは残念そうにしたが、それだけは譲れないとリリスは言い張った。

「わかりました。ではこれまで通りリリスとお呼びします」

「うん、それがいい。私、サマエルにその名前を呼ばれるの好き」

そう言って笑うと、サマエルがぐっとリリスを抱き寄せる。

「ど、どうしたの？」

「今ものすごく可愛かったので、ほかの誰かに見られる前に隠してしまおうかと」

抱き締められるのは嬉しいけれど、突然のことだったのでドキドキしてしまう。

ふと顔を上げれば、サマエルの顔が側に迫っている。口づけをされる予感にときめきを覚えながら目を閉じかけたが、そこで突然、サマエルが頭を押さえながら小さく呻いた。

「サマエル？」

「……すみません、突然アモンが大声で話しかけてきて」

悪魔同士は魔法で連絡が取れる。それを利用し、またアモンが邪魔してきたのかもしれない。

（兄さん、一時期は恋を応援するとか言っていたのに、最近は完全に拗らせて楽しむモードに入っているわよね……）

だがまあ本来悪魔というのは気まぐれなものだ。むしろ一度の迷いもなく、リリスへの忠誠心と愛情を持ち続けているサマエルのほうがおかしいのかもしれない。

そんなことを考えながらサマエルを見ていると、彼は突然顔を強張らせる。

「な、何かあったの？」

「突然声が途切れたんです。それに発言の内容も少しおかしくて……」

「おかしい？」

「『ルドルフがついに動き出した』と言われたのですが、すぐに声が途切れてしまって」

「言っていたのはそれだけ？」

「あと『サタンを引きずり出そうとしている』と……」

その言葉の後で、声が途切れたらしい。もしやアモンに何かあったのではと思った直後、突然周囲の人々が悲鳴を上げた。

何事かと思い彼らの視線の先を追うと、軍港のほうで大きな黒煙がいくつも上がっているのが見える。そしてその間を、黒くて歪なものが飛んでいるのが見えた。

（アレは……悪魔……？）

黒煙の間を飛ぶ巨大なそれは、真っ黒な翼を有した巨大な獣だった。身体は獅子を思わせるが、車よりもずっと巨大だ。

「……アモン」

驚くリリスの隣で、その名を口にしたのはサマエルだった。

「あれが、アモンなの……？」

「アモンです。彼の悪魔の姿だ」

「でっ、でもどうして？　なぜ兄さんが暴れているの？」

アモンは正体を晒すことに慎重な男だった。人間の姿を保ったまま、サマエルのように容姿の一部を変化させることすらしなかったのだ。そんな彼が、こんな昼間から悪魔の姿で暴れるなんてあり得ない。それも、アモンが破壊しているのは彼の古巣である軍の施設だ。

「止めなくては」

「なら、私も連れていって。ノルテの王族には、悪魔に対抗する力があるというから役に立てるかも」

「しかし、アモンは様子がおかしい。リリスにも牙を剝くかもしれません」

「でも放っておけないわ。役に立たないとわかったらすぐ離れるからお願い！」

サマエルの腕に縋りながら懇願すれば、サマエルは渋々頷いた。

「とりあえず、近くまで魔法で飛びます」

死角となる場所に一度移動してから、サマエルとリリスは軍港の入り口まで魔法で一気に移動する。

その途端、突然爆音と熱風に晒されリリスは思わず悲鳴を上げた。

同時に、悍ましいモノの気配をリリスは感じる。だがそれはアモンのものではない。

「どうやらアモンが暴れていたのは、これを殺すためだったようだ」

サマエルの言葉に恐る恐る周りを見れば、悪魔とおぼしき無数の影が周囲に蠢《うごめ》いている。

祭りに来ていた客たちに食らいつく姿に、リリスの身体に震えが走った。

「どうして、悪魔がこんなに……」

「悪魔ではなく、悪魔もどきですね」

「もどき?」

「天使ではなく、人から魔に堕ちた者をそう呼びます」

確かによく見ると、蠢く悪魔たちは人に酷似している。

「もしかして、お兄様の薬のせい……?」

そうであってほしくなかったが、目の前に飛び出してきた悪魔の顔を見た瞬間、希望は打ち砕かれる。

こちらに牙を剝く悪魔の顔には見覚えがあったのだ。

「この悪魔……前に路地裏で会った男の人だ……」

身体が醜く歪み、原形を保ってはいないが、その顔は確かにグリモアを売ろうとしていた男のものだ。

「こうなったら元には戻らない。リリス、私の後ろへ」

悪魔とリリスの前に立ち、そこでサマエルが腕を突き出す。

直後、激しい悲鳴を上げながら悪魔たちの身体が突然燃え出した。

業火《ごうか》に焼かれ、絶叫しながら悪魔もどきが死に絶える姿はあまりに残酷で見ていられない。

「ぐっ……」

だが周囲の悪魔を一人また一人と焼き殺すうちに、悪魔だけでなくサマエルからも苦しげな声が響いた。

慌ててサマエルを窺うと、彼の身体がゆっくりと傾いていく。

「サマエル！」

慌てて腕を伸ばしたリリスごと、サマエルの身体は地面に頽れた。

身体を起こしながらサマエルの顔を覗き込もうとするが、彼は手で自分の顔を覆ってしまう。

「……見ないで……ください」

「どうしたの？　どこかが痛むの？」

「いえ……ただ……自分が……抑えられない……」

そこで、サマエルがリリスの身体を突き飛ばす。彼らしからぬ乱暴な振る舞いに驚いていると、真っ黒な翼が彼女の視界を覆う。

『見ないで、ください……お願いだから……』

途切れ途切れの声が苦痛に歪み、リリスは逆に彼から目を逸らせなくなる。

「……ああ、まさかこちらだったとは」

そのとき、背後で落ち着いた声が響く。

驚いて振り返ると、そこに立っていたのはルドルフだった。

笑顔を浮かべ、悪魔もどきの骸《むくろ》を踏み越えてやってきた兄の姿にリリスは息を呑む。

直後、ルドルフが合図をするように手を上げた。それに合わせ、新しい悪魔もどきがリリスたちのほうへと駆け寄ってくる。

『それを、リリスに近付けるな……！』

苦しげに息を吐きながら、サマエルがリリスと悪魔もどきの間に身体を滑り込ませる。

一番近くにいたものを爪で切り裂き、その他のものを炎で焼き尽くしながら、サマエルは威嚇《いかく》するように黒い翼を広げる。

血の匂いが辺りに漂い、それに合わせてサマエルの身体が苦しげに震える。

「何を躊躇っているんだい。悪魔もどきに後れを取るような君ではないはずだ」

『黙れ……』

「それに、いったいなぜあの美しい姿にならないんだい。僕は君に会うためにわざわざ舞台を用意したんだよ？」

妙に楽しげな声を響かせながら、ルドルフがふらついたサマエルの身体に触れた。その途端サマエルの絶叫がこだまし、彼の身体がもう一度頽れる。

「ほら、早くあの姿を見せてよ」

『いや…だ……』

「なぜそこまで強情になる？　悪魔の王たる君が、無様に跪くなんておかしいだろう」

ルドルフの言葉に、リリスの瞳が戸惑いに揺れる。

「悪魔の王……サマエルが……？」

「ああ、君は知らなかったんだ。……いや、あえて知らされていなかったんだね」

「そんな……だってサマエルは王なんかじゃ……」

「僕も最初は気づかなかったけど間違いない。この真っ黒な翼……それにこの魔力も、父を殺した悪魔のものだ」

ルドルフの言葉に、リリスは挿絵に触れたときに見た悪魔の影を思い出す。

確かに、あの大きな翼はサマエルのものと似ていた。そしてもし彼の髪が長ければ、挿絵に描かれたサタンの姿と彼の姿はきっとよく似ている。

『違う……私は、リリスの……』

「下僕のふりはもうやめなよ」

『ふりなどではない。私は……私が望むのはただ、リリスの……』

「嘘を重ねるなら、その化けの皮は彼に剝がしてもらおうか」

ルドルフが微笑むと、巨大な影がサマエルの身体をなぎ倒した。

禍々しい闇に身を包んだ悪魔は、先ほど天を駆けていたあのアモンだ。でも明らかに様子がおかしい。倒れたサマエルの腹部に容赦なく牙を立てるアモンは正気ではなかった。

「……アモン……なの？」

リリスが声をかけると、悪魔が低い唸り声を上げる。リリスの声は認識できたようだが、彼は再びサマエルの身体に喰らいつく。

サマエルの絶叫が響き、リリスは恐怖のあまり凍りついた。

そんな中、ルドルフだけが楽しげに笑い続けている。

「ほら、いい加減本性を現しなよ。さもないと、お友達に食い殺されるよ」

『貴様……アモンに……何を……』

「彼の悪魔の本性を刺激しただけさ。理性が消えれば、ノルテの王の力で従えられる」

高らかに言い放つルドルフに、サマエルが喰らいつくアモンを引き剝がそうともがく。

だが牙は食い込むばかりで、サマエルは咳き込みながら大量の血を吐き出した。

「さあ、悪魔の王の力を見せろ！」

ルドルフの言葉につられるように、サマエルの銀髪が輝きを増しながら伸びていく。だがそこで、彼はリリスを見つめた。目が合うと、彼は泣きそうな顔で歯を食いしばる。

『……でき、ない……見せたら、今度こそ……失う……』

震える声で言葉をこぼすと、あろうことかサマエルはあえてそこで人の姿を取った。翼さえ消し、ゆっくりと目を閉じる彼はもはやなんの抵抗もしない。

それが死に直結することを本能的に悟ったリリスは、恐怖で動けなかった身体を必死に立て直し、アモンへと縋りついた。

「やめてアモン、それ以上はサマエルが死んじゃう！」

リリスの言葉に、アモンの目に僅かだが正気が戻った気がした。

（そうだ……ノルテの王族に、悪魔を押さえ込み従える力があるなら……）

リリスは息を吸い、アモンの身体をきつく押さえた。

「止まりなさいアモン！　今すぐ、正気に戻りなさい！」

凛とした声が空気を震わせると、アモンはサマエルから牙を放す。

だが理性はまだ完全には戻っていないようで、不気味な唸り声を上げている。

だからリリスは、別の命令を重ねる。

「眠って。そしてもう誰も傷つけないで！」

どうか言葉が届くようにと願いながら、リリスは最後にもう一度「兄さん」と彼に呼びかける。

するとアモンの身体から、ゆっくりと力が抜け始めた。

『……すま、ない……』

悔《く》やむような声をこぼし、アモンはゆっくりと目を閉じる。大丈夫だと言ってやりたかったけれど、なぜだかリリスの口からは言葉が出ない。それどころか、ものすごい疲労感と睡魔が襲いかかってくる。

「サマエル……」

ここで倒れてはいけないと思い、リリスはサマエルの身体に腕を伸ばす。

気づいたサマエルも、苦しげな顔のままリリスに腕を伸ばす。

しかし二人の腕は、届くことはなかった。

「どくんだリリス、その悪魔は君には荷が重い」

リリスの腕を払い、サマエルの腕を摑んで引きずったのはルドルフだった。

彼が触れた途端、サマエルの顔には苦悶が浮かび、その手足には光でできた鎖が這い回る。光の鎖はサマエルの全身に絡みつき、苦悶の声が徐々に大きくなっていく。

「お兄様やめて……!」

「やめる？　サタンを捕らえ、下僕にするのは我が王家の悲願なんだよリリス」

「でも、すごく苦しんでる……！」

「苦痛で悪魔を従わせるのは当たり前のことだよ。君だって、従属の魔法でそうしてきたはずだ」

「私はそんなこと……」

「……そうか、なら心置きなくこいつを僕のものにできるよ」

　笑顔を深め、ルドルフがグリモアを取り出しながらサマエルの額に手を当てる。その途端光りが強まり、サマエルの口から絶叫が迸る。

「しかしやはり強いな。動きは止められても、リリスのかけた従属の魔法がまったく上書きできない」

　強情だと告げる声すら楽しげなルドルフ。彼に言葉は通じないと察し、リリスは最後の力を振り絞って彼の手からグリモアを奪おうと体当たりをする。

　リリスに阻まれるとは思わなかったのか、ルドルフは驚いた顔でよろけた。

　しかしグリモアは手放さず、それどころか本の表紙で容赦なくリリスの頬を打った。

『リリス！』

　想像以上の衝撃だったのか、サマエルの悲鳴が妙に遠くに聞こえる。

「まずはリリスのかけた魔法を解くことにしよう。優しすぎる君に、サタンを扱うのは荷が重いだろうからね」

地面に頭から倒れ込んだリリスを見下ろしながら、ルドルフは優しく笑う。

こんなときでも妹を気遣う声音が逆に不気味で、リリスは言い知れぬ恐怖を抱く。

だが頭を強く打ちすぎたのか、抵抗する間もなくリリスの意識は闇に呑まれてしまった。

第八章

　ルドルフ＝ヴェネは、生まれたときから成功を約束されていた。いや、されていたはずだった。

　ノルテの第一王子として生まれ、類《たぐ》い希《まれ》なる魔力を宿し、僅か三つでグリモアを読み解き小さな悪魔を呼び出せるほどの能力にも恵まれていた。

　唯一の誤算は、彼の父が子供の目から見ても無能だったことだろう。

　治世の才能もなく、ろくな悪魔も召喚できず、ただ美しいだけの妻を娶《めと》り夫婦揃って散財ばかり。民の不安も顧《かえり》みず、内乱の兆《きざ》しありと進言されてようやく窮地だと気づく愚かさだ。

　当時十二だったルドルフのほうが、よっぽど国のことを考えていただろう。

　しかし父は息子の有能さも見抜けず、彼が何を進言しても聞く耳を持たなかった。そんな折、生まれたのが妹のリリス――ベアトリーチェである。

妹の赤子とは思えぬ聡明な顔を初めて見たとき、ルドルフはようやく自分の味方ができたと歓喜した。

妹にも類い希なる魔力があるのを感じ取ったとき、自分と妹こそがノルテを率いる真なる王だと確信したのだ。

しかし愚かにも、ルドルフの父は生まれたばかりの妹を悪魔召喚の贄にした。妹の魔力があれば、悪魔の王であるサタンでさえ手中に収められると思ったのである。

ルドルフは必死で止めたが彼は聞く耳を持たなかった。

王を打倒せよという声の高まりに怯え、保身のために生まれたばかりの娘を犠牲にすることに躊躇いすら感じていない。

そんな愚かさ故に、結局父は呼び出した悪魔の手によって殺された。

そしてその場には、ルドルフもいた。妹を救うため、彼は儀式の間《ま》に身を潜めていたのだ。そこでルドルフは、悪魔がいとも容易く父を焼き殺す様を見た。

その壮絶さに、何よりも父を殺した悪魔の美しさにルドルフは魅入られた。

あの悪魔が欲しいと。ノルテの王の力で美しい悪魔を従えてみたいと強く思った。

だからルドルフは、悪魔が妹を連れ去るのをあえて見逃した。今出て行っても殺されるだけなのは明らかだったし、悪魔が妹を殺さずにいたのを見て好機だと思ったのだ。

悪魔は時折、美しい魂を持つ人間に執着する。殺さず生かし続け、その美しき魂を側で眺めることを良しとするのだ。

ならば妹はきっと生きながらえる。いずれ、悪魔の王へと自分を導いてくれる。

そんな確信を持って、ルドルフはあえてその場は引き、自らの魔力を高め悪魔に関する知識をつけることに専念したのだ。

そして念願が叶い、ルドルフはついに妹と再会した。

だがそのとき、連れていた悪魔がまさかあのサタンだとは思わなかった。

悪魔という存在は、従属の魔法で縛っていてもなお尊大で勝手なものだ。なのにサマエルと呼ばれた悪魔は、まるで犬や下僕のように妹に付き従っていた。

かつての神々しさも残虐さも持ち得ぬ彼を、悪魔の王だと見抜けるわけがない。むしろ兄を名乗ったアモンのほうこそ、悪魔の王に違いないとルドルフは思っていた。

堂々とした立ち居振る舞いには王者の風格が見られたし、調べてみれば軍の高官でもあるという。

彼こそがサタンなのだと思い、だからこそ、悪魔召喚の話題をちらつかせて彼との時間を持ったのだ。

しかし一方で、リリスの兄を気取るアモンの姿に若干の反感を覚えた。妹が明らかに自分よりアモンを慕っているのも面白くなかった。

再会したばかりだとしても、彼女はあまりによそよそしすぎた。悪魔や王家の話をすれば笑顔で聞いてくれているが、自分のことなのに彼女はどこか他人事だ。

それもこれも、アモンが彼女の素性を隠していたからだろう。そう思うと腹が立ち、だからこそ多少強引な方法で彼の本性を引き出したのだ。

悪魔の力を引き出す薬を飲ませ、彼の力を測るために軍部を自分の信者に襲わせた。悪魔の力を見るには悪魔をぶつけるのが一番だ。

薬の効果は上々とは言い難かったものの、目論見通りアモンは悪魔の力でそれを駆逐しようとした。

薬によって本性を現したアモンは、ルドルフが想像していた姿ではなかったが、結果的にアモンを止めるためにサマエルが力を使ったのは幸運だった。

サマエルを見て、やはり求めていたのは彼だと確信した。

だがサマエルを捕らえたものの、ルドルフは満たされぬ思いを抱えていた。

「これが……こんなものが、僕が求めていた悪魔の王だというのか？」

捕らえたサマエルを連れてきたのは、屋敷の地下にある儀式の間だ。

特別な魔法をかけ、ルドルフの魔力を普段の何十倍も高める仕掛けを施した場所である。

その中に描いた悪魔を捕らえる魔方陣の中で、ルドルフはサマエルを魔法の鎖で繋ぎ、苦痛の魔法で拘束していた。

『……リ…リス……』


苦悶の声を上げながら、悪魔が繰り返すのは妹の名前だけだ。

悪魔がつけた偽りの名前――それを、サマエルは呼び続けていた。

妹のほうは、薬で寝かせ部屋の隅に転がしてある。そんな彼女に、サマエルは何度無駄だと言っても腕を伸ばすのだ。

そのたび魔法で腕をもがれ、肌を焼かれても彼は諦めない。失った腕が再生し、傷が癒えるとすぐ、リリスに向かっていこうとする。

(これが、僕が求めた悪魔の王だというのか?)

こんなにも愚かなサマエルが、本当にあの神々しかった悪魔の王なのか。

そんな疑問を抱えながら、サマエルは彼とリリスを繋ぐ魔法を断ち切るため、呪文を唱える。

二人の間に従属の魔法がある限り、ルドルフはサマエルの主にはなれない。しかし先ほどからいくら解除の魔法を唱えても、効果はまったく現れないのだ。まるで魔法自体が存在しないかのように、うんともすんとも反応しない。だが存在しないなんて事はあり得ないだろう。きっとルドルフが思う以上に、深く強力なのだ。

(ここまで消えないとなると、あとは……)

魔法の書き換えも消去もできないなら、魔法をかけた存在ごと消すしか手はない。

サマエルから視線を外し、ルドルフは床の上に倒れているリリスに歩み寄る。

眠るその顔は、ルドルフたちの母によく似ていた。美しく、しかし愚かな母だった。

生んだ子供より自分の贅沢を選ぶような女で、ルドルフは彼女から愛情を向けられたことがない。生まれたばかりの妹のほうが、よっぽどルドルフを慕ってくれていただろう。

当時のことを思うと、妹を殺すなんてあり得ないという思いもある。

『リリス……リリスに……近付くな……』

だがそのとき、先ほどまでとは桁外《けたはず》れの殺気がルドルフを射貫いた。

肌がぞくりと粟立ち、言い知れぬ興奮を彼は感じる。

振り返ると、弱々しかった悪魔の顔に凄まじい憎悪が滲んでいる。

悪魔の姿が美しく歪み始めたのは、そのときだ。短かった髪は背中まで伸び、背には天使かとも見紛う美しく黒い翼が広がった。瞳や牙は悪魔らしい鋭さを帯びながらも、ついに本性を見せた王の姿はあまりに神々しい。

美しすぎるが故に恐ろしい。そんな悪魔の顔に残忍な表情が滲むと、ルドルフは恐怖と歓喜を同時に覚える。

(ああ、やはりこの悪魔だ。僕が手にしたいのはこれだ)

かつて父を殺したのと同じ憎悪を一身に浴びながら、ルドルフは微笑む。

(そうか、この悪魔が残酷になるのは妹の命がかかっているときなのか)

だとしたら、この命を手にかけるのも悪くない。

リリスが死ねば、きっとサマエルは悪魔らしい顔を取り戻す。

残酷で無慈悲な、ルドルフが焦がれたあの悪魔にもう一度会えるなら。そしてそれを従え、下僕のように扱うことができるなら、可愛い妹を手にかけることなど些細なことのように思えてくる。

「可愛いリリス……。いや、ベアトリーチェ。今度は父ではなく僕のためにその命を捧げてくれるかい?」

愚かだと馬鹿にしていた父とよく似た笑みを浮かべて、ルドルフはリリスの細い首にゆっくりと手を近付けたのだった……。

◇◇◇　◇◇◇

――遠く、微かに、愛おしい悪魔が自分の名を呼ぶ声をリリスは聞いた。

苦しげな呻き声に時折掻き消されながらも、悪魔が……サマエルが彼女を求めているのを感じる。

うっすらと目を開けると、そこは薄暗い部屋だった。

たぶんルドルフの屋敷だろうと気づいたのは、あの重く暗い空気が場に満ちていたせいだ。身体を起こしたいのに、全身が痺れ思うようには力が入らない。

「可愛いリリス……。いや、ベアトリーチェ。今度は父ではなく僕のためにその命を捧げてくれるかい？」

サマエルとは別の声が聞こえたのは、そのときだった。

視界の端に見えたのは、ぞっとするほど嬉しそうなルドルフの顔だ。狂気を孕《はら》んだ目でリリスを見つめた彼が、ゆっくりと自分の首に手を伸ばすのが見える。

彼がしようとしていることを察し、リリスは恐怖に震えた。

『やめろ……リリスに触るな!!　リリスッ、リリス!!』

だがリリス以上の恐怖を抱いていたのはサマエルだった。

『奪うな……私から、彼女を奪うなあああああ！』

サマエルの絶叫で、リリスの身体が僅かに震えた。

（ああ、この声……私また……彼を悲しませている……）

思い出されるのは、前世で自分が死んだときのことだ。

悪魔に深手を負わされ、今まさに命が消えようとしているときも彼は泣いていた。

――お願いだから、私を置いていかないでください。

縋る腕と声は震えていた。だから彼女は決意したのだ。

（今度はもう、絶対にサマエルを一人にしない……。彼を、悲しませない……）

そのときの覚悟が蘇ると、動かなかった身体が少しずつ力を取り戻す。

近付いてくるルドルフに気取られないよう指先で周囲を探れば、小さな瓶のようなものが床の上に落ちていた。それをゆっくり握り締めるのと、ルドルフがリリスの首に手をかけたのはほぼ同時だった。

理由はわからないが、兄は自分を殺そうとしている。

その確信が最後の力になり、リリスはルドルフの顔面に持っていた小瓶を叩きつけた。

「あぐ……ぁああああ！」

彼女が反撃に出るとは思わなかったのか、振り上げた手はルドルフの頬に当たった。衝撃で叩きつけた小瓶が砕け、悪臭のする液体がルドルフの顔面にふりかかる。

リリスの手のひらにも瓶の破片が刺さったが、痛みに怯んでいる場合ではなかった。

傷ついた顔を覆いながら叫ぶルドルフを突き飛ばし、リリスは身体を起こす。

足はまだ力が入らず這うようにしか動けないが、それでも必死にルドルフから遠ざかった。だがそこで、得体の知れない何かがリリスの足に巻き付く。

ヌルヌルとした感触の悍ましさに振り返ると、その目に映ったのはあまりに恐ろしい光景だった。

リリスの足を摑んでいたのは、ルドルフだった。いや、ルドルフだったもの、と言ったほうが正しいかもしれない。

『よくも……よくも僕に……！』

リリスを摑んでいた身体は、もはや人のものではなかった。

顔の肉は肥大し、腕や足は歪に曲がり、指先は触手のように伸びうねっている。

人間と、軟体動物を混ぜたような不気味な姿はまるで悪魔のようで、リリスは恐怖に顔を引きつらせた。

『ああ、なぜ……リリス……何ヲ……した！』

悪魔と同じ黒と紅の瞳でリリスを見つめながら、ルドルフは咆哮《ほうこう》した。

だがルドルフの触手がリリスを引き寄せるよりも早く、サマエルがリリスに巻き付いた彼の腕を切り裂く。

『お前は悪魔に堕ちたのだ』

魔力を帯びた冷たい声にリリスは顔を上げ、息を吞む。

リリスに巻き付いていた触手を引きちぎり、微笑んでいたのはサマエルだった。

だが今の彼は、悪魔とは思えぬほど神々しい。そしてそこが、たまらなく恐ろしい。

「サマエル……なの……？」

尋ねるが、彼の瞳にリリスは映っていなかった。少し虚ろな瞳には怒りに染まり、彼はルドルフしか見ていない。

『堕ちてなどイない……！　僕は……僕は悪魔を統《す》べる……ノルテの王だ！』

『お前は悪魔だ。醜く歪んだ姿がその証拠だ』

そこで初めて、ルドルフは自分の姿に気づいたらしい。

鏡に映る自分を見て、彼は顔を掻きむしりながら絶叫する。

『お前が浴びたのは悪魔に堕ちる薬だ。堕ちた悪魔は、ここで醜く朽ち果てる』

『違ウ……僕ハ……違う違う違う違う！　僕ハ、お前を従える王だ！』

『お前にはもう、悪魔を統《す》べる力はない。それに私も今度は本気を出す』

真っ黒な翼を広げ、サマエルがルドルフに飛びかかる。

翼に視界を覆われたせいでリリスの場所からは何が行われているかはよく見えなかったけれど、部屋に響く断末魔の悲鳴がサマエルの残酷な仕打ちを物語っている。

天井まで飛ぶ血しぶきにリリスは思わず顔を背けるが、壁に映った二人の影が否応にも惨劇を目に焼き付ける。

（この光景……あのときと同じ……）

壁に映るサマエルの影は、この前見た夢にそっくりだった。父を殺した悪魔の影と目の前の光景が重なり、リリスはようやく理解する。

（そうか、サマエルが私のところに現れたのは偶然じゃない……）

リリスの父が呼び出した悪魔の王『サタン』は彼なのだと、恐怖の中でようやく実感する。

『ああ、助ケて……！　助けて、リリス……！』

そのとき、ルドルフが泣き叫びながら助けを乞う。

彼の口からリリスの名が出ると、サマエルの動きがぴたりと止まった。

壁に映った影がゆっくりとこちらを振り向くのに気づき、リリスは恐る恐るサマエルのほうを見る。

顔を上げれば、美しい相貌を鮮血で汚した悪魔が自分を見つめている。

目が合うと残酷な笑みが消え、代わりに浮かんだのは絶望だ。リリスに記憶があると気づいたときに見せたのと同じ表情に、サマエルが隠したかったのはこれだと気づく。

悪魔の本性を、彼はリリスに知られたくなかったのだ。

『……リリス……』

泣きそうに歪んだ顔を見て、リリスは震える身体にぎゅっと力を入れる。

たぶんサマエルは、リリスが彼の本性を恐れ嫌うと思っている。実際前世で死ぬ瞬間、リリスはこの姿を見て怯えてしまった。故に彼は本性を見せず必死に過去を消そうとしたのだと、今になってようやくわかる。

『私を……嫌わないで……ください……』

震えた声で懇願するサマエルに、リリスは恐怖を必死に抑え込む。そして彼女は身体の震えを止め、微笑んだ。

「あなたを嫌うなんて、絶対にあり得ないわ」

むしろ受け入れたいという気持ちが芽生え、リリスはそっとサマエルに腕を伸ばす。

(確かに悪魔の彼は怖い。でもこれもまたサマエルの一面なら、嫌うなんてあり得ない)

途端に、サマエルは身を翻《ひるがえ》し、リリスをぎゅっと抱き締めた。彼の身体についた血が自分を汚しても、濃い血の匂いが纏わりついても気にせずに、愛おしい悪魔の身体を抱き締める。

「大丈夫よサマエル。どんなあなたでも大丈夫だから」

そう繰り返せば、安堵したようにサマエルの身体から力が抜ける。

そのとき、視界の隅でルドルフがこちらを睨んでいることに気がついた。四肢を引き裂かれながらも、悪魔と化した身体は少しずつ再生を始めている。

そしてこちらを殺そうと、機会を窺っているのがわかる。

「サマエル……」

『大丈夫。気がついています』

サマエルがリリスから腕を放す。その目には冷酷な光りが灯っていたが、今はそれを頼もしいとさえ思う。

『安心してリリス。もう失敗はしません』

ゆっくりとルドルフを振り返り、サマエルは残忍な笑みを浮かべる。笑みが意味することに気づき、ルドルフは歪んだ顔に恐怖をたたえた。

『リリス……頼む……やめサセろ！　僕を……僕を助けるように言え！』

無様に懇願する兄の姿に、痛ましい気持ちをリリスは覚える。

だが彼は自分と、何よりサマエルにとって驚異だ。それに人でなくなった彼は、放っておけば世界の敵にもなり得るだろう。

だからリリスは、サマエルを仰ぎ見る。

『助けますか？』

視線に気づき、サマエルがリリスを見つめる。

視線が合い、そしてリリスは覚悟を決めた。

「殺して」

短い言葉に、サマエルはリリスを抱き寄せ、うっとりするほど美しい笑みを浮かべた。

『あなたのために』

サマエルが軽く腕を振ると、ルドルフの身体から激しい炎が上がる。

業火に焼かれながら、のたうち回るルドルフの姿から目を背けたかったけれど、リリスはあえてそうしなかった。

悪魔を救うために、リリスは実の兄の死を選んだのだ。手にかけたのはサマエルだが、リリスが殺したも同然だ。

自分を抱き締める腕をぎゅっと握り締めながら、ルドルフが焼かれて朽《く》ちていく姿をリリスは見つめ続ける。

(私は許されないことをしている……。でもサマエルを愛し、救うと決めたんだもの。そのためなら人殺しになっても後悔なんてしない)

最初にサマエルを愛したときから、世界の基準で言えばリリスは罪人だ。

でも背負ってしまった罪もまた、リリスにとっては愛のひとつだ。ならば罪ごと受け入れようと、彼女は兄の死から目を背けなかった。

『これで、全部終わります』

ルドルフの姿が灰となり完全に焼け落ちると、サマエルがリリスをそっと慈しむ。

「サマエルが無事でよかった」

『リリスこそ、無事でよかった』

サマエルが囁くと炎が消え、何事もなかったかのように、静けさが戻った。兄だったものの名残も消え失せ、灰ひとつ部屋には残されていない。

『ここを出ましょう。すぐに手当てをしなければ』

サマエルは小瓶の破片で傷ついたリリスの手をそっと持ち上げる。

いまさらのように痛みと熱を感じ、リリスは小さく呻く。

普段ならサマエルは傷を魔法で治す。だが彼は手をじっと見つめた後、痛みを取る魔法だけをリリスにかけた。

『ルドルフのせいで、まだ魔法がうまく使えません。傷を塞げないので、治療できる道具を探しましょう』

申し訳なさそうな顔で言うサマエルに、リリスは大きく頷く。

それから慰めるようにサマエルの頭を撫でると、彼は神々しい顔を何か言いたげに歪ませる。

だが結局彼は何も言わず、優しい口づけだけをリリスにそっと落とした。

◇◇◇　◇◇◇

ルドルフの起こした騒動から三日後、帝都の屋敷に戻ってきたリリスたちは、普段通りの生活を取り戻しつつあった。

それぞれの傷を癒やすためにのんびりと過ごす時間は、穏やかすぎるほどである。

「アモンが新聞の一面に載るのは、ずいぶん久しぶりですね」

どこか暢気《のんき》な声で告げるサマエルに苦笑しながら彼の手元を覗き込めば、新聞の一面にはマルリブの空を駆けるアモンの写真が大きく載っている。

新聞には『マルリブの怪異。突然現れた謎のバケモノたちの正体とは』という見出しが出ているが、悪魔だと言及しているものは少ない。

とはいえこの件についてはもちろん大きな問題になり、サマエルたちと面識のある皇帝はその正体を薄々察していたようだ。

そのせいで二人は昨日呼び出されたが、「全て処理した」と伝えれば、それ以上の言及はなかったらしい。

むしろ事前に集めた情報から軍部に巣くう悪魔崇拝者を炙《あぶ》り出したことで、感謝さえされたようだ。

「せっかくだし、壁に飾りましょうか」

「嫌がらせか……」

うんざりした声で言ったのは、居間のソファで寝転がっているアモンである。

人間の姿に戻り身動きは取れるようになったが、まだ本調子ではないらしく彼は一日の大半を寝て過ごしている。

「よく撮れていますよ」

「写真の出来はどうでもいい。罠にはまったあげく正体を大衆に晒すなんて悪魔の恥だ」

本気で凹んでいるのか、アモンにしては珍しく拗ねた顔でソファのクッションに顔を埋めている。

そんな彼を見ているとリリスはなんだか申し訳なくなってくる。なにせ今回の騒動は自分が引き起こしたも同然だ。

「兄さんにも、色々迷惑をかけてごめんなさい」

「お前が謝ることじゃない。下手を打ったのは俺だ」

「でも、そもそもルドルフが悪魔に興味を持ったのは私が原因みたいなものだし……」

そう思わずにいられないのはルドルフ亡き後に、彼の過去を見つけたせいだった。

彼の所業を調べるため彼の部屋を捜索したとき、リリスは彼の日記を発見したのだ。

そこにはノルテの王座やサマエルに執着していたルドルフの感情が綴《つづ》られており、望みを叶えるために彼が多くの罪を犯していたことが示されていた。

彼は悪魔の力で人を惑わせ、教団めいたものを作り、信者たちを薬の実験体にしていたようだ。

執着はリリスにも及んでいたようで、妹が生きていると信じていた彼は今までリリスと似た少女を攫っては、悪魔の王を呼び出す素養を見極めるために悪魔召喚の贄にしていたらしい。

妹に対しては優しい兄だと思っていたけれど、それは見せかけだったのだ。

(そしてお兄様が歪んでしまった原因は、あの夜だった……)

父がサマエルを呼び出したあの夜、兄の人生は狂った。

その原因は、サマエルに力を使わせてしまった自分にもある気がしてならない。

サマエルのことだから、もしあの場にいたのがリリスでなければ呼び出しにさえ応じなかっただろう。

しかし彼はリリスを救うために姿を見せ、彼女を贄に差し出そうとした王を殺した。

その壮絶な光景が、兄の狂気を目覚めさせたのだ。

「また、無意味なことを考えていますね」

リリスの浮かない顔を見て、サマエルが叱る。

「アモンもですが、もう一人の愚かな兄を思って心を痛める必要などない」

「でも……」

「今回の件ではあなたになんの非もない。ルドルフのような魂を持つ人間は、生まれたときから罪人なのです。私やリリスの存在がなくとも、罪を犯し人に仇《あだ》なす存在になっていたでしょう」

希に、悪魔のような人間はいるのだとサマエルは諭《さと》す。

「むしろ正しい形で死ねたことを喜ぶべきです。あの歪んだ姿が彼の本性だ」

「……あれは、恐ろしかったわ」

同じく薬で悪魔もどきになった信者たちを見たけれど、あそこまで醜く歪に変化したものはいなかった。

悪魔の姿は罪や欲望によって歪むとサマエルは言っていた。ならサマエルの言う通り、あれがルドルフの本来の姿と言えるのかもしれない。

「とにかく、彼のことは忘れなさい。あなたが考えるべきは、私のことです」

リリスの顔を上向かせ、サマエルは彼女の唇を優しく奪おうとする。

しかしその寸前で、サマエルは戸惑うように一瞬動きを止める。

「大丈夫よサマエル。……ほら、キスして」

リリスがそっと囁けば、彼は笑顔を浮かべ応えてくれるがやはり少しぎこちない。

このところ、サマエルの行動には僅かな躊躇いが見える。リリス自らスキンシップを促せばいつも通りに甘えてくるが、どこか遠慮がちなのだ。

「リリス。あなたには私だけを見て、私だけを想ってほしい」

「ちゃんとそうしているわ」

「じゃあルドルフのことなど忘れて、今日も一緒に過ごしましょう。出かけるのでもいいし、またデートをしますか？」

ぎこちないが、リリスとの触れ合いが嫌なわけではないのだろう。むしろリリスが死にかけて以来、サマエルが甘い懇願をしてくることは増えた。

ただその懇願は不安の裏返しのようで、リリスはサマエルが心配になる。

「なら今日はお家デートにする？　サマエルだってまだ本調子じゃないのでしょう？」

「私なら大丈夫です」

「だめよ。魔法がうまく使えないなんて今までなかったことだし、ルドルフに苦痛の魔法をかけられたせいで、どこかがまだ傷ついているのかも」

一見すると快調そうだが、サマエルはまだ完全には力を取り戻していない。

そのため、リリスの手の傷も未だ癒えぬままだ。

雑菌が入ったのか、小瓶の破片で傷ついてしまった右手は膿《う》み、今もじくじくと痛む。

病院に行き治療はしたものの、傷のせいで熱っぽい日もあった。

熱も痛みも大したことはないが、今までなら過保護なサマエルの手によって些細なら傷すら一瞬で治してもらっていたので、こうした大きな怪我が癒えないのは少し不安だ。

だが自分よりも、もっと不安なのは本調子に戻らないサマエルのことだ。

「ねえ、もし具合が悪くなったらちゃんと教えてね」

「不安そうな顔をしないでください。私はそうやすやすと死んだりしません」

「でもこんなこと初めてだから、私……」

「ほんとに大丈夫です。それよりあなたのほうは平気ですか？」

「ええ、今日は熱もないし大丈夫よ」

気遣うような言葉を口にしながら、なぜかサマエルは痛ましい顔をしている。

（サマエル……私に何か隠しているような気がする……）

彼は嘘がうまくない。けれどリリスも、嘘を暴《あば》くのがうまくない。

自分の記憶を消したことが聞けないように、今回もリリスは隠しごとをされていると知りながらも問い質す勇気が出ないのだ。王と呼ばれていた事情についても、未だ詳細を聞けていない。

（でも……このままじゃだめよね……）

自分のことならばいい。でももしサマエルの身体や命に関わることなら、このまま逃げているわけにもいかない。

（それに知らないままでいても、事態は何もよくならない）

ルドルフの一件でも、結局リリスは彼を知ろうと思いつつ躊躇《ちゅうちょ》してしまった。

彼の思惑や本心を知ったのもルドルフが死んだ後になってしまったし、もっと自分から踏み込んでいれば、彼の隠れた一面を暴きもっと穏便に事を収められたのかもしれない。

でもあのとき、リリスは肝心なところで一歩引いてしまっていた。ルドルフの優しい一面に絆され、踏み込むことを躊躇ってしまったのだ。

しかしそれは間違いだった。そしてその間違いを、リリスはまた繰り返そうとしている気がした。

（でももう間違えたくない。だってサマエルだけは失いたくないもの）

臆病なままでいるのはやめようと決めて、リリスはサマエルの手をぎゅっと握る。

「あなたが元気なら、我が儘を言ってもいい？」

「ええ。我が儘は嬉しいです！」

あからさまに上機嫌になるサマエルに苦笑しながら、リリスは二人きりで話がしたいとサマエルに微笑んだ。


「さあ、ここなら二人っきりです」

「う、うんまあ、確かにそうなんだけど……」

「気に入りませんか？」

「二人きりになれる場所って、普通部屋の中とかだから戸惑ってしまって……」

なにせサマエルに連れてこられたのは、周りに何もない海の上である。

「でもここなら、私たち以外の人には絶対に会いません」

「まあ、確かにそうなんだけど……」

リリスが二人きりになりたいと言うや否や魔法で連れてこられたのはヨットハーバーで、サマエルが所有しているというヨットに乗せられ、瞬く間に沖まで連れてこられてしまったのである。

魔法を使ったのか波は穏やかで心地のいい航海だったが、相変わらずのズレぶりには少し呆れる。

「それで、話というのは？」

サマエルが用意した敷物とクッションの上に座らされていたリリスの元に、美しい悪魔が傅く。

笑顔だが、やはりどこか不安そうな顔を見て、リリスは自分の隣に座るよう促した。

「……あなたに、告白したいことがあるの」

真剣な顔で言うと、サマエルがおずおずと彼女の側に腰を下ろす。

「私、あなたにずっと嘘をついてた」

「それは悪い嘘……ですか」

戸惑うサマエルに、リリスはどちらとも言えないと告げた。

そして彼女は、大きく息を吸う。

サマエルの隠しごとを暴くために――。

彼の真意に触れるために、まずは自分が誠実になろう。

そう決めて、リリスは長年の嘘を告白することにしたのだ。

「私ね、本当は全部覚えているの」

「全部……？」

「あなたが私の歌を、聴きに来てくれたときからのこと全部よ」

リリスの言葉に、サマエルが息を呑む。

「三百年前にあなたと出会って恋をしたことも、先に死んであなたを悲しませてしまったことも全部覚えているの」

「でも、あの記憶は私が……」

「消えなかったの。何度魔法をかけられても、私には効かなかった」

今思えば、それはノルテの王女として産まれたおかげだったのだろう。

ルドルフが悪魔の魔法を跳ね返したように、リリスは悪魔の魔法が完全に効かない。

特に記憶や心に作用するものには耐性がある。そのことに、サマエルもようやく思い至ったらしい。

「なら、どうして……嘘を……」

「記憶があるって言ったら、あなたがいなくなってしまう気がしたの。昔のことを話すたび、あなたはとても悲しんで絶望していたから……」

だからリリスは、魔法にかかったふりをした。そうすればずっと側にいられると信じ、リリスは嘘に嘘を重ねてきた。

「でも本当はずっと覚えていて、だからこそ側にいたの。あなたが好きだったから、あなたがもう一度あの花の指輪をくれたらって願っていた」

縋るように、リリスはサマエルの手を握る。

彼は戸惑っていたようだが、いつものようにリリスから顔を背けたり彼女を遠ざけようとはしなかった。

代わりに深く息を吸い、彼はリリスの頬にそっと触れる。

「すでにご存じだとは思いますが、私も……嘘をつきました。あなたが全てを思い出せば、私を恐れてどこかへ去ってしまうと思って……」

そこで言葉を切り、サマエルは悪魔の姿でリリスに触れる。リリスの父を殺したときの、あの神々しくも恐ろしい姿で。

「初めてこの姿に変わったとき、私を見たあなたは怯えていたようだった。そして怯えられて当然のことを、私はしようとした」

今にも泣きそうな顔で、サマエルはリリスの唇を指で撫でた。指先から伝わってくるのは愛情と、ほのかな狂気だ。リリスを見つめる瞳には切なさと捕食者を思わせる獰猛《どうもう》な色香が共存している。

「あなたが死んでしまうと思ったとき、私はどうしても離れたくなかった。ずっと側にいたいと、ひとつになりたいと願ったあのとき、私はあなたを『喰らいたい』と思ってしまったんです」

比喩ではなく、悪魔として人間を喰らう。

その欲望は、今も消えていないのだとリリスはサマエルの眼差しから気づく。

そしてその欲望に誰よりも恐怖を抱いているのはサマエルなのだろう。

「美しい身体を食いちぎり、腹の中に入れたいと獣のように思ってしまった……。あなたの血を啜れば、喪失の悲しみが消えるのではないかと思い亡骸《なきがら》を引き裂きかけた」

「……じゃああなたは、私を食べたの？」

「いいえ。美しいあなたを傷つけるなんて無理だった。でもあのときの感情はずっと消えず、リリスへの想いが深まるたびに大きくなるんです。特にあなたがいない時代はひどくて、自らの心を静めるために悪魔を殺しました。いつかあなたが転生したとき、もう二度と仇なす者が現れないよう、この三百年で私は数え切れない悪魔を殺してまわった」

「それが、サタンの逸話に繋がったのね」

「ええ。より多くの悪魔を殺すため、力をつけようと人間を襲ったことも数え切れない。当時はリリスのためだと思い躊躇いさえ感じなかったんです」

でも彼は、自分が間違っていたと気づいたのだろう。だからこそ、あの姿を見せたがらなかったに違いない。

「心の綺麗なあなたが、悪魔の王と呼ばれた私を受け入れてくれるか不安だった。だからそれに連なる記憶は、全て消してしまいたかった」

「あなたを嫌うなんてあり得ないわ」

「だが今もまだ、嘘を重ねていると知ってもそう言えますか？」

苦しげに声を吐き出しながら、サマエルは傷ついたリリスの手を取りそっと持ち上げる。

悲しげな眼差しに僅かな覚悟を秘めて、サマエルはゆっくりと口を開いた。

「癒やしの魔法が使えないというのは嘘なんです。自分の都合で、私はその傷を放置した」

「この傷を？　どうして？」

「ルドルフを悪魔に変えた薬は、あなたの中にも入っているんです。あと数日もすれば、薬はあなたを悪魔に変えてしまう」

サマエルの言葉に、今度はリリスが息を呑む。

「私なら傷ごと薬を排除できる。……でも私は、そうしなかった」

できなかったのだと絶望する様を見て、リリスはその理由をすぐに理解した。

「サマエルは、私に悪魔になってほしいのね」

「……そうすれば、あなたは今より強く永遠に生きられる。人でなければ、喰らいたいという欲望もわかないと思ってしまったんです」

そうすればリリスは自分を恐れない。ずっと側にいてくれると、彼は考えたのだろう。

でもその考えに、サマエルはたぶん苦しんでいる。

悪魔のくせに、嘘を重ねることに罪悪感を抱くほど純粋すぎる彼に、リリスは改めて深い愛情を覚えた。

彼が非道な行いをしたのは事実だ。しかし事実を知ってもなお、リリスはこの不器用で優しい悪魔がやっぱり好きなのだ。

「馬鹿ね。たとえ食べられたとしても、私はあなたを嫌ったりなんかしないわ」

「でも、喰らうなんてあまりに非道すぎる」

「そうね。生きているときに噛みつかれたら、さすがに少し怖かったかも……」

でも生きながら喰われていたとしても、たぶんリリスはサマエルを嫌いになれなかった気がする。

だって彼がそうしたいと望んだのは、それほどまでにリリスを想っているからだ。

それがわかれば、恐怖はもう感じない。

「私を求めたのはきっと、あなたが私だけをまっすぐに愛している証よ」

「喰らいたいという気持ちが、愛なのですか？」

「きっとそうよ。だからこそ、あなたはこんなにも美しい姿に変わったんだわ」

悪魔は欲望がその姿に反映される。そして彼の姿が神々しい天使のようなものに変わったのは、リリスが死にかけたときだ。

美しく、獰猛で残酷なその姿は、彼の心そのままなのだろう。

リリスの死に絶望し、喰らいたいと願うほど心を痛め、そこで彼はきっと真の意味で愛を知ったのだ。その愛の強さと美しさが、悪魔らしからぬ姿を彼に与えたのだとリリスは思った。

「だからその姿を嫌ったりしない。喰らいたいという気持ちを恐れたりもしないわ。私は昔も、今も、そしてこれからもあなただけを愛してる」

リリスは優しく微笑んで、愛の言葉と共に口づける。するとサマエルは、戸惑いながらも彼女をきつく抱き締めた。

温かな腕の中で、リリスはそっと微笑み告白を続ける。

「だからお願い。どうかもう一度、私に恋をしてくれない？」

リリスの言葉に、今度はサマエルのほうから口づけを施される。

喰らいたいという言葉通りの、荒々しく貪るような口づけだった。

でもその中には優しさと、リリスを傷つけないようにという気遣いも感じられて、いじましさに胸が甘く疼く。

「もう一度どころか、この先何度も……永遠に、私はあなたに恋し続けます」

「じゃあこれからは、もう嘘はなしよ？」

サマエルは頷き、リリスはほっとする。だがそこでもう一度キスをしようとすると、サマエルがはっと身を引いた。

唐突に距離を置かれて驚いていると、サマエルはものすごく真面目な顔でリリスを見つめてきた。

「では、まずはあなたに隠しているものを百四十五個ほど告白してもいいですか？」

「ちょっ、そんなにいっぱい何を隠していたの!?」

驚いていると、そこでサマエルが手のひらをくるりと返す。

そうすると、見覚えのある小さなフォークが彼の手の中に現れた。

「えっと、これが……隠しごと？」

「はい。実はリリスに内緒で、あなたが使っていた物品を収集し、精神安定剤として使用していました」

そしてサマエルはある告白を始める。

喰らいたいという感情が蘇らないように、ずっと下僕に甘んじていたこと。それでもこらえきれない感情を逃がすため、リリスの使っていた食器やタオルなどを集め、辛くなるとそれに縋りついていたこと。

真剣に語ってはいるが、少々間が抜けているのが彼らしい。

「あと食べろと言われたパイも、実は取ってあります」

リリスが焼いたものは、必ずひと欠片だけ魔法で保存してあるのだと、サマエルは懺悔《ざんげ》する。

「そうして、こっそり集めた思い出の品が百四十五個ほどあるんです。……隠していて、本当にごめんなさい」

言うなりシュンとするサマエルの顔にリリスは笑わずにはいられなかった。少々ずれているし抜けている彼は愛おしくて、落ち込む悪魔の頭を優しく撫でる。

「そんなの謝ることじゃないわ。私だって、サマエルからの贈り物は全部取ってあるし」

彼にそっけなくされ悲しかった日は、そういう物を抱いてやりすごしたことはある。そういう部分は、二人ともよく似ているのだ。

「でもこれからは物じゃなく私に甘えてほしいな。抱き締めたり縋るなら、私がいい」

「縋ってもいいのですか？」

「私だって、好きだって気持ちが溢れたときはサマエルに抱きつきたいもの」

「なら私もあなたがいいです。今も、そうしたいくらいです」

「だったら、今もしてほしい」

腕を広げると、サマエルは幸せそうな顔でリリスを抱き締める。

それだけでは飽き足らず、抱え上げた彼女と共にクルクル回り出す彼はあまりに無邪気で、見ているだけで幸せな気持ちになる。

（うん、私はやっぱりサマエルが笑っているのを見るのが好き……）

彼を笑顔にすること、それこそが自分の生きる意味だとリリスは思う。

「ねえサマエル、もうひとつ我が儘を言ってもいい？」

「ひとつと言わず、いくらでも」

「あなたを思う存分ぎゅっとしたいから、この手の傷を治してくれない？」

「それはかまいませんが……」

彼の迷いを察し、リリスは慌てて言葉を繋ぐ。

「薬のほうは、そのまま残してほしいの。私もあなたと離ればなれになるのは嫌だから」

「しかし、いいのですか?」

サマエルの言葉に、リリスは頷く。

本音を言えば、悪魔になるのは少し怖い。肉体や魂が変わるなんて経験のないことだし、不安だって大きい。だがそれでも、サマエルと永遠に一緒にいられるチャンスを逃すなんて考えられなかった。

「あなたが、悪魔になることを望んでくれてよかった」

「でも、どんな姿になっても嫌ったりしないでね」

悪魔になれば、欲望や罪が姿に反映される。そうしたらきっと、リリスは醜い悪魔になるに違いない。

人ではなく悪魔を愛し、兄殺しに加担したのだ。そのことにさほど罪悪感を抱いていない自分はきっと醜い悪魔になるに違いない。

「どんな姿でも、リリスはリリスです」

「じゃあ、ちゃんと好きでいてね」

笑顔で言うと、サマエルは手の傷を治してくれる。それでもなお熱っぽいのはきっと、身体が少しずつ人から遠ざかっているからだろう。

そしてその熱に、身体の変化とは別の熱が少しずつ高まっていく。

サマエルに抱きつくうちに、どうしようもなく彼が欲しくてたまらなくなってしまう。

「そんな切なそうな顔をせずとも、ちゃんと愛して差し上げますよ」

「私、切なそうな顔をしていた？」

「ええ。私が欲しくてたまらないという顔だ」

リリスの唇を悪魔の指先がゆっくりと撫でる。更なる官能を引き出そうとするかのように唇を行き来した後、サマエルはこの世のものとは思えぬ美しい笑みを浮かべた。

「そして私も、あなたが欲しくてたまらない」

「……なら」

「愛し合いましょう、リリス。私はもう、あなたを躊躇わない」

美しくて逞しい悪魔の腕に囚われながら、リリスはゆっくりと目を閉じる。

「この身体があなたへの愛の証であるなら、その全てをもって私はリリスを慈しみましょう」

◇◇◇　◇◇◇

初めて会ったとき、サマエルは何よりもまずリリスの声が美しいと感じた。

神への祈りを歌に変えて、囀《さえず》るその声をずっと聞いていたいと願った。

(そして、その声を私はついに手に入れた)

「んッ……サマエル……きちゃ……う……」

転生し、肉体も声質も変わってはいるけれど、それは紛れもなくサマエルが愛した声だった。

艶やかな声が愉悦に震えると、リリスを独占できる多幸感に頬が緩む。

そして幸せの中で、サマエルはリリスと繋がった部分をぐちゅぐちゅと掻き回す。

「あぅ……また……また、いっちゃう……」

「なら、いけばいい。そしてその可愛い声で、甘く囀ってください」

穏やかな海に浮かぶヨットの上で、サマエルはリリスの全てを独占し、愛していた。

さながら、このヨットはリリスと自分だけのゆりかごだ。星空の下、もう何時間も二人は抱き合い続けている。

お互いに何度も達し、特にリリスはいつも以上に果てるのが早かった。

(彼女の変化は、もうかなり進んでいるのかもしれない)

サマエルをくわえ込んだまま、可愛らしく乱れているリリスの容姿は特に変化はない。

だがこうして肌を合わせ、繋がったままでいると、以前は感じなかった魂と肉体の結びつきをサマエルは感じていた。

サマエルを搾《しぼ》り取ろうとするように、リリスの肉洞は彼の形を覚え、放すまいと蠢いている。その淫らな動きに合わせ、流れ込んでくるのは人のものではない魔力だ。

「あぁ、いつも以上に……リリスを感じます……」

そのまま口づければ、絡まる唾液は甘い。リリスの舌使いもいつになくねっとりと淫らで、舌を合わせているだけでサマエルも達してしまいそうになる。

「はぅ……んっ……サマ…エル……」

「可愛い声だ。もっと、もっと名前を呼んで…リリス……」

「サマ…エル……ぅンッ……サマ、エル……」

激しいキスのせいで息が苦しいだろうに、リリスは必死にサマエルの願いを叶えてくれた。健気な姿がまた可愛くて、サマエルはリリスを抱き上げ向かい合わせの体勢で腰を穿つ。

「ああ…や……っぱり、これッ深い……」

サマエルの膝の上に乗る格好になり、自重でより深く楔をくわえ込むことになったリリスは、その目に涙を浮かべていた。

リリスの涙を見ているとサマエルの胸に、かつて抱いたあの残酷な感情が蘇る。

彼女の身体はもちろん魂までも喰らい尽くし、永遠にひとつになりたい。

その願いは今も消えずにサマエルの中に残っている。

「……サマエル……好き……大好き……」

けれどリリスが甘く囁いてくれるお陰で、サマエルはその歪んだ愛情に呑み込まれずにすむのだ。

「私もです……。あなたが好きで……どうしようもなく愛おしい」

サマエルの重すぎる愛を目の当たりにしても、リリスは怯えない。

快楽に染まった顔に笑顔を浮かべ、彼の狂気ごと優しく抱き締めてくれる。

「なら……愛して……」

慈愛に満ちたこの声と、自分に触れてくれる柔らかな身体に包まれていると、サマエルの中の歪んだ気持ちが少しずつ落ち着いていく。

喰らうよりもこうして抱き合い、口づけをし、身体を繋げるほうがずっと幸せだとリリスが全身で教えてくれるのだ。

「リリス……あなたが悪魔になったら、もう一度やり直しましょうか」

「やり…なおす……?」

「恋と愛と結婚のやり直しです」

サマエルの言葉に、リリスが大きく目を見開く。

「私はもう、こうして繋がるだけでは足りない。あなたを私に、私をあなたに縛る枷《かせ》がひとつでも多く欲しい」

だからサマエルは、人間がするような結婚をしたいと思った。

お互いに指輪をはめて、誓いを立て、永遠を約束したかった。

「私も……やり直したい……」

「ならもう一度、今度は枯れない指輪をあなたに渡します」

悪魔の命は永遠だ。その証である指輪も、永遠のものでなくてはいけない。

でもそこでリリスがほんの少しだけ残念そうな顔をしたのに、サマエルは気づいてしまった。

どうやらリリスは、思っていた以上に花の指輪を気に入ってくれたようだった。

(悪魔に願えばどんなものでも得られるのに、欲のない人だ)

そこが愛おしくて、サマエルはふっと笑みをこぼす。

「でも今は、ひとまずこれを」

リリスの薬指に口づけをすると、そこにはかつてサマエルが贈ったのとよく似た花の指輪が現れる。

途端に華やぐリリスの顔に、サマエルはそっと口づけを施す。

「私の永遠の伴侶になってください」

「もちろんよ。……私、それをずっと望んでいたの」

喜びの涙を流し、リリスが指輪のはまる手を大事そうに持ち上げる。

その姿があまりに綺麗で、尊くて、サマエルもまた目の奥が熱くなる。

（嬉しいのに胸が苦しくてつらい……。なのになぜか、この気持ちにずっと浸っていたい）

初めての感情に、サマエルは戸惑い翻弄される。

けれどもうそれを恐れたりはしない。胸に芽生える気持ちは全てリリスへの愛からくるものだろうし、彼女に尋ねればきっと感情の意味を教えてくれる。

「サマエルは、今日から私の恋人で旦那様ね……」

「下僕が一番かと思っていましたが、こちらのほうがずっといい気がします」

笑みを浮かべ、サマエルはリリスを優しく抱き締める。

柔らかな唇をそっと啄んだ後、彼女の首筋や胸元に赤い痕を散らした。

そうしていると喰らいたいという気持ちが紛れるし、リリスに自分の証をつけるのはとても気分がいい。

「サマエル……刻みつけるなら……そこじゃなくて……」

くすぐったそうに震えながら、リリスが恥じらいながら懇願する。

「あなたが望むのは、ここ……ですか？」

言葉と共に腰を軽く揺らせば、途端にリリスの口から甘い吐息がこぼれ出す。

繋がったまま焦《じ》らす格好になり、彼女はずっと我慢していたのだろう。

いまさらのようにプロポーズには向かない状況だったと気がついて、サマエルは彼女が悪魔になったら改めて告白のやり直しをしようと決める。

繋がったままの告白もよかったが、女性はもっとロマンチックな場を好むというし、リリスもきっと喜ぶだろう。

(でも今は、言葉ではなく身体で喜ばせて差し上げねば)

リリスを優しく横たえると、折り重なるようにサマエルは身体を倒す。

熱を帯びた肌を合わせ、そして彼は抽挿をだんだんと速めていく。

「ンっ……ふかい……あっ……また。きちゃう……」

「……ッ、あなたが吸いついてくるから……私もまた果ててしまいそうだ」

「なら一緒……一緒がいい……」

舌っ足らずなおねだりに、サマエルは口づけで応える。

激しく腰を揺らし、抉るように中を掻き回しながら、サマエルはリリスと己を高めていく。蜜と先走りの液が絡まる淫猥《いんわい》な音はより大きくなり、二人の耳には波音さえ聞こえなくなる。

お互いがお互いを求める音に集中し、繋がったところからどろりと溶けていくような甘い感覚に支配されながら、二人は肌を打ち合わせ己の愛を確認し合う。

「リリス……私のリリス……!!」

「サマエル……ッ……ん、あああッ──────!」

呼吸と肌を合わせ、二人はほぼ同時に絶頂を迎えた。

リリスの中に己を注ぎ込みながら、サマエルは法悦に呑まれる恋人の姿を目に焼き付けた。淫らで、愛らしいサマエルだけの宝物は、彼の全てを受け入れうっとりと目を閉じている。

「やはりあなたは私の女神だ」

醜く歪んだサマエルを愛し、受け入れ、愛へと導いていた彼女はまさしくサマエルだけの女神。命よりも尊いその存在を絶対に手放すものかと決意しながら、サマエルはリリスを逞しい腕と翼で囲い、優しく囚らえ続けた。

エピローグ

「まさか、妹を嫁に出す気分とやらを悪魔の俺が味わうことになるとはな」

教会の控え室で、いつになく感慨深い声で告げるアモンに苦笑して、リリスは純白のドレスを翻す。

纏っているのは、今日のためにとサマエルが誂《あつら》えてくれたウエディングドレスだ。

夫婦になると誓ってから三ヶ月、ついに今日二人は結婚式を挙《あ》げるのだ。

「私も家族に祝福されながら結婚できるなんて思ってなかったから、とっても嬉しい」

最初の人生でサマエルと生きると決めたとき、リリスは祝福のない孤独な場所で彼と愛を育むことになるのを覚悟していた。

しかし今は、同じ悪魔とはいえアモンが誰よりも近くで二人の結婚を祝ってくれる。

そして彼だけでなく、以前から親交のあった者たちからも祝福の声をたくさんもらっていた。

　式自体は三人だけのシンプルなものだが、慈善事業で出向いている孤児院や病院などからは、改めてお祝いをさせてほしいとまで言われている。

「それにしても、あのサマエルによく結婚を承諾させたな」

「我ながら、よく頑張ったと思う」

「なにせあいつは、色々拗らせていた上に下僕体質だったからな……」

　アモンの言葉に苦笑し、それからリリスは自分の腹部にそっと手を当てる。

「まあ下僕体質は、消えてはいないんだけどね」

　何かにつけて世話を焼きたがるサマエルの性格は変わっていないし、彼がつけた『従属の魔法』の刻印は今なお健在だ。故に、リリスにはひとつ懸念がある。

「魔法はぜんぜん消せないし、私……本当にちゃんと悪魔になれたのかしら」

　鏡に映る自分の姿を見ながら、リリスはそんな不安を覚える。

　薬のせいでリリスの身体は悪魔に変わったはずなのに、変化がほとんどないのだ。

　興奮すると悪魔の瞳が現れることはあるが、容姿はほぼ変わっていない。

　なんとなく女らしい身体つきになった気はするが、それは薬ではなく毎日のように抱かれているせいだろう。

「安心しろ。お前の血も魔力もちゃんと悪魔のものだ」

「でも、変わった感じがあまりしないわ」

「これは推論だが、たぶんお前は生まれたときから悪魔に片足突っ込んでたんだよ。だから、いまさら容姿が変わったりしないのさ」

アモンの言葉に、リリスはえっと驚く。

「ノルテの王族はそもそも悪魔の血が入っていたんだろ？　その上サマエルにあれだけひっつかれて、毎日奴の魔力を浴びてりゃ人間性を保つのは難しい」

「じゃあ私、もうすでに悪魔……だったの？」

「たぶんな。それでもなお美しく成長したってことは、それほど魂が綺麗なんだろ。まああのサマエルを愛し続けるほどだし、当然と言えば当然か」

魂が綺麗と言われてもあまりピンとこなかったが、アモンはどこか眩しいものを見るような顔でリリスを見つめている。

「でも、やっぱり実感がないかも」

「だが証もある。悪魔の力が効かないノルテの身体に、それが発動したのがその証拠だ」

にやりと笑い、アモンは従属の魔法の証が刻まれている腹部を指さす。

「従属の魔法がかかったのもそのせいだったのね」

「面白いから隠していたが、それは従属の魔法じゃないぞ」

「へ？」

「悪魔は気に入ったものに印を残したがる癖がある。その中でもとっておきに強い印がそれだ。悪魔はそれを、『情愛の魔紋』と呼ぶ」

印は肉体と魂に強い結びつきを生み出し、お互いの存在を融和させる魔紋なのだとアモンは告げた。

「悪魔同士はそのままでは子を成せない。だからその魔紋を刻み、精を注ぐことでお互いの性質を近付け子を成せるようにするんだ」

「本当!? 私、サマエルと……家族を作れるの?」

「ほんのちょっと、たぶん百年くらいはかかるだろうが――」

そこで不意に、アモンがリリスの腹部を見たまま固まる。

「どうしたの?」

「いや今、お前の中から別の魔力を感じた気がしてな」

「それってもしかして、赤ちゃん……?」

「ああ……。それにこの魔力……まさか……!」

驚いた顔で、アモンがリリスの腹部に手を伸ばす。

だがその直後、リリスはアモンから引き剝がされ逞しい夫の腕の中に囚われていた。

「結婚式の当日に、違う悪魔に触るのは禁止です」

拗ねた声に苦笑しつつ、リリスはサマエルを振り返る。

「別にやましいことはしてないわ」

「でも、アモンが変なところに触ろうとしました」

「変なところじゃなくてお腹よ。それより兄さん、もしかして……」

「可能性は高いが、今言えばサマエルが式どころじゃなくなるから確認は後にしよう。それにしてもこの魔力……そうか、ついに彼女が来てくれるのか」

何やら嬉しそうな顔でもう一度アモンが手を伸ばしてくるが、それをサマエルがバシッと手で払う。

「私の花嫁に触るのは禁止です」

「わかったから、落ち着け。やましい気持ちはない。俺にはもう決めた相手がいるしな」

「でも今日のリリスは本当に美しいから、くらっとくるかもしれない」

サマエルは言うが、リリスからしたら着飾ったサマエルのほうが美しいし神々しい。

「今日のリリスは本当に尊い。この心臓を抉り出してあなたに捧げたいくらいだ」

「……褒めてくれるのは嬉しいけど、もうちょっと穏やかな表現がいいな」

お互いに気持ちが繋がったことでわかったが、悪魔の愛情表現は時々妙に過激だ。

同じ悪魔になっても人間の感性が抜けないリリスには奇抜すぎるので、褒め言葉や愛の育み方は人間基準でお願いしたいと再三言い聞かせている。

「心臓じゃなくて、こういうときは別のものを捧げるんだって教えたでしょ？」

「そうでした。血まみれは禁止でした」

言うなり、サマエルはリリスの唇を優しく奪う。

甘いキスにうっとりしながら、リリスはゆっくりと目を閉じる。

一度目の式のときは悲しい結末を迎えてしまったが、今度こそ二人に待っているのは幸せな未来だ。そう確信しながら、リリスはゆっくりと目を開ける。

「行きましょう。はやく、誓いの言葉をあなたに告げたい」

「でも少し変な気分ね。悪魔が神のための教会で愛を誓い合うなんて」

「変ですが、愛を誓うなら美しい場所が一番です」

美しいリリスには美しい場所が似合うと、平然と言ってのけるサマエルの甘さにリリスは恥じらう。

「あなたの甘い言葉に、私はこの先もずっと振り回されそう」

「嫌ですか」

「ううん。ただ私も、あなたをドキドキさせられるようになりたい」

「もうずっとドキドキしてます。あなたはすぐ、アモンに気を許すし」

「そういうドキドキじゃないわ」

リリスが言うと、アモンもまた似たようなツッコミを同時に重ねる。途端に、サマエルがそこで不満そうに自分の胸を押さえた。

「ほら、二人はそうやってすぐ息が合う。だから、私はモヤモヤしてドキドキします」

「感じてほしいのはそういうドキドキじゃないんだけど、まあ今はいいかしら」

今はまだ理解できなくても、二人で過ごす時間は永遠に続くのだ。長い年月をともに歩んでゆくうちに、リリスの言葉の意味にサマエルが気づく日もきっと来るだろう。

「このドキドキを消したいので、今度はあなたからキスしてくれますか」

「もちろんよ」

美しい悪魔に口づけながら、リリスは幸せな気持ちでそっと目を閉じる。

「あなたにキスされると、とても幸せです」

「私も、今すごく幸せ」

そして二人は微笑み合い、更に甘いキスを重ねる。

これからもサマエルの言葉に呆れたり戸惑ったりすることも多い気がするけれど、そういう毎日もきっと楽しいに違いない。

そしてそこに、新しい家族が加わるのももうすぐだ。

「大好きよ、サマエル」

幸せな予感を抱きながら、リリスは愛おしい悪魔のキスにいつまでも溺れ続けたのだった。


【完】

あとがき

このたびは「最凶悪魔の蜜愛ご奉仕計画」を手に取っていただきありがとうございます！

八巻《はちまき》にのはです。

色々あった二〇二〇年を乗り切り、なんとか二〇二一年を迎えることができました！

（と言いつつ、これを書いているときはまだ年は明けていないですが）

昨年もソーニャ文庫さんで残念なイケメンをいくつも書かせていただきましたが、今年一発目の残念なイケメンは、自分にしては珍しく「美しい」という言葉の似合うキャラになりました。今まではマッチョ系が多かったので「逞しい」という描写が多かったのですが、今回は綺麗とか美しいとかいっぱい書いた気がします。

まあ、顔がよくても残念なことに変わりはないんですけどね!!

と言うわけで、容姿以外は色々だめな残念系ヒーローをよろしくお願い致します。

そして今回、そんな残念な美形を『時瀬《ときせ》こん』さんにとっても素敵に描いていただきました！

挿絵一枚目が全裸×2と幼女、というオーダーだったので困惑させてしまった気がしますが、美しくてかっこいい悪魔たち&可愛いヒロインを本当にありがとうございます！

そしてネタに困っていた私に『主従』というネタをくださった編集のHさん。

おかげさまで、楽しくて残念なラブコメを今回も書けました。ありがとうございます！

今年もまだまだ油断できない年になりそうですが、こんな世の中でもできるだけ楽しく、愉快に生きていきたいなぁと思う今日この頃です。

そして仕事のほうでは、誰かの癒やしやちょっとした楽しみになるような、甘くて楽しいラブコメをたくさん書いていきたいと思っております。

それではまたどこかでお目にかかれますように！

八巻にのは

この本を読んでのご意見・ご感想をお待ちしております。

◆ あて先 ◆

〒101-0051
東京都千代田区神田神保町2-4-7 久月神田ビル
㈱イースト・プレス　ソーニャ文庫編集部
八巻にのは先生／時瀬こん先生

最凶悪魔《さいきょうあくま》の蜜愛《みつあい》ご奉仕計画《ほうしけいかく》

2021年1月8日　第1刷発行

著　　者　八巻《はちまき》にのは
イラスト　時瀬《ときせ》こん
装　　丁　imagejack.inc
D　T　P　松井和彌
編　　集　葉山彰子
発 行 人　安本千恵子
発 行 所　株式会社イースト・プレス
〒101－0051
東京都千代田区神田神保町2－4－7 久月神田ビル
TEL 03－5213－4700　　FAX 03－5213－4701
印 刷 所　中央精版印刷株式会社

ISBN 978-4-7816-9689-8
定価はカバーに表示してあります。